수레바퀴 아래서

KB021201

수레바퀴 아래서

1장

    중개인이자 대리점 주인인 요제프 기벤라트는 동네 사람들보다 특별히 뛰어나거나 특이한 사람은 아니었다. 그는 건장한 체격에 다른 사람들과 비슷하게 그만그만한 상술을 지닌 평범한 남자였다. 또 솔직한 성격답게 돈을 아주 소중하게 여겼다. 그에게는 작은 정원이 딸린 집도 있었다. 가족 묘지와 함께 조상 대대로 물려받은 것이었다. 교회에 대해서는 조금 트이긴 했지만 여전히 고루한 믿음을 지녔다. 하느님과 공권력은 적당히 신봉하고 시민이 지켜야 할 예절은 맹목적으로 따르는 편이었다. 술은 자주 마셨지만 만취할 정도로 마시지는 않았다. 비난받을 만한 행동도 했지만 법이 허용하는 범위를 벗어나지는 않았다. 그는 가난한 사람들은 아귀 같고 부자들은 거만하다며 욕했다. 지역 모임의 회원으로 금요일마다 독수리 식당에서 모여 공놀이를 했으며, 빵 굽는 날이나 소시지와 수프를 먹는 날에도 빠지지 않고 사람들과 어울렸다. 평소에 일할 때는 싸구려 담배를 피우지만 저녁 식사 뒤나 일요일에는 고급 담배를 피웠다.

그는 정신적인 면에서는 지극히 속물처럼 보였다. 감정 따위는 이미 먼지가 되어 사라진 지 오래였다. 가족에게도 전통적인 가장의 모습만 보일 뿐 무뚝뚝한 감정 이상은 보이지 않았다. 자식에 대한 자랑스러움이나 술을 마셨을 때 가난한 사람에게 가끔 보이는 연민 따위가 그가 지닌 감정의 전부였다. 교활하고 타산적인 천성을 지녔으며 융통성이라곤 조금도 없었다. 읽는 것은 신문이 고작이었으며, 해마다 시민단체에서 공연하는 연극을 보거나 가끔 서커스를 구경하는 것으로 예술적인 욕구를 해소했다.

아마 이웃에 사는 다른 사람들을 살펴보더라도 그가 사는 모습과 다른 점은 없을 것이다. 강한 권력과 뛰어난 인물에 대한 의심이나 비범하고 자유로우며 고상하고 정신적인 것에 대한 적대적인 태도는 모두 그의 질투심에서 나온 것이었다. 이는 마을의 다른 사람들도 마찬가지였다.

요제프 기벤라트에 대한 설명은 이것으로 충분하다. 그의 이런 평범한 삶이나 본인조차 알지 못하는 비극적인 면을 이야기하는 것은 비꼬기 좋아하는 사람들이나 할 법한 행동이다. 요제프 기벤라트에게는 아들이 하나 있었다. 이제 그 아이 이야기를 하려고 한다.

한스 기벤라트는 아주 뛰어난 아이였다. 다른 아이들과 뛰어노는 모습만 봐도 한스가 얼마나 똑똑한지를 잘 알 수 있었다. 슈바르츠발트의 작은 마을에서는 아직까지 그처럼 뛰어난 인물이 나온 적이 없었다. 이 좁은 마을을 벗어나 더 넓은 곳을 바라보는 사람도 없었다. 아이의 진지한 눈빛과 영리해 보이는 이마, 우아한 걸음걸이는 도대체 누굴 닮은 걸까? 어머니를 닮았을까? 하지만 아이의 어머니는 이미 오래전에 세상을 떠났기에 마을 사람들의 머릿속에는 병을 앓으며 신음하던 모습만 남아 있을 뿐이다. 물론 아버지와는 조금도 닮지 않았다. 어쨌든 지난 팔구백 년 동안 유능한 시민은 많이 나왔지만 특별히 뛰어나거나 천재적인 인물은 나온 적이 없었던 이 작은 마을에 신비로운 불꽃 하나가 떨어진 건 분명했다.

현대식 교육을 받은 사람들이라면 허약한 어머니와 오래된 가문을 연결 지어 이처럼 특출한 아이가 태어난 것은 가문의 몰락을 보여주는 징조라고 이야기할 수도 있을 것이다. 그러나 다행스럽게도 이 마을에는 그런 이들이 없었다. 신문을 읽는 몇몇 젊은 관리나 목사만 세상에는 현대식 교육을 받은 사람이 있다는 걸 알고 있었다. 이곳에서는 니체의 『차라투스트라는 이렇게 말했다』를 모른다 해도 교양 있는 사람으로 행세할 수 있었다. 마을 사람들은 대부분 건실하고 행복한 결혼 생활을 하고 있었다. 또 전체적으로 볼 때 고치기 어려운 전통 관습을 물려받았다. 부유하게 지내는 사람들 가운데는 과거 이십 년 사이에 공장 직공에서 출발해 사장이 된 이들도 있었다. 그들은 관리들 앞에서는 모자를 벗고 예절을 갖춰 인사하지만 뒤에서는 '아귀'라거나 '비겁한 놈'이라며 욕하곤 했다. 하지만 그들의 가장 큰 욕심은 자신의 아들을 교육시켜 관리로 만드는 것이었다. 유감스럽게도 그것은 이룰 수 없는 꿈일 때가 많았다. 그들의 자식들은 대개 라틴어 기초학교에서조차 제대로 따라가지 못해 몇 번이나 낙제하고 나서야 겨우 진급했기 때문이다.

한스 기벤라트는 분명히 재능을 타고났다. 학교 선생들이나 교장, 이웃 사람들, 목사, 동급생들 모두 이 소년이 머리가 뛰어나고 특별한 존재라는 사실을 의심하지 않았다. 그의 장래는 확실하게 결정된 듯했다. 슈바벤에서는 아무리 재능이 뛰어나다고 해도 집안이 부유하지 않으면 오직 좁은 길 하나만이 놓여 있을 뿐이었다. 주(州)에서 치르는 시험을 거쳐 신학교에 들어가고, 그다음에는 튀빙겐 대학에 가서 목사나 선생이 되는 것이다. 해마다 사오십 명의 시골 소년이 이 평탄하고 안전한 길을 걸어갔다. 견진성사를 겨우 마치고 고된 공부를 하느라 야위고 지친 소년들이 나라에서 주는 돈으로 라틴어를 비롯해 여러 학문을 공부한다. 그러고는 팔구 년을 보낸 뒤 인생행로의 후반에 들어서서야 비로소 그 빚을 갚기 시작하는 것이다. 하지만 대부분은 그보다 더 오랜 시간이 걸렸다.

몇 주 뒤면 다시 주 시험이 치러질 예정이었다. 예전에는 '헤카톰베'라고 불렀던 이 시험은 국가가 지방에서 인재를 뽑으려고 치르는 것이다. 그러다 보니 시험 기간만 되면 시험이 치러지는 마을에는 다른 작은 도시나 마을 들에서 보내오는 온갖 탄식과 기도가 집중되었다.

한스 기벤라트는 이 작은 마을에서 고통스러운 경쟁에 나서는 유일한 후보였다. 경쟁에서 이기면 커다란 명예를 누릴 수 있지만 절대로 그냥 얻어지는 것은 아니었다. 날마다 네 시까지 계속되는 수업에 이어 교장이 가르치는 그리스어 과외 수업이 있었다. 그러고는 여섯 시에 목사에게 라틴어와 종교학 복습 수업을 받았다. 그 밖에도 일주일에 두 번 저녁 식사 뒤에 한 시간씩 수학 과외를 또 받아야 했다. 그리스어 수업 시간에는 불규칙동사와 불변화사를 사용한 문장 결합 부분을 집중적으로 지도받았다. 라틴어 시간에는 문체를 간결하고 명확하게 만드는 법, 특히 시제 문제를 많이 공부했다. 수학 시간에는 복잡한 비례식에 중점을 두고 공부했다. 겉으로 보기에는 앞으로의 공부나 생활에서 비례식이 얼마나 쓸모가 있을지 의심스러웠다. 하지만 선생 말대로 사실은 다른 주요 과목보다 훨씬 중요했다. 논리적인 능력을 기르고, 명쾌하고 냉정하며 정확하게 사고할 수 있는 기초를 다지려면 비례식이 꼭 필요했기 때문이다.

거기에다 한스는 머리를 너무 많이 써서 정서적으로 메마를까 봐 매일 수업 시작 한 시간 전에 성경 수업에 참석해도 좋다는 허락을 받았다. 견진성사를 받는 소년들을 위한 이 수업에서는 브렌츠의 교리 문답서를 공부했다. 감성적인 문답 내용을 낭독하면서 소년들의 마음속에 종교적인 생기를 불어넣자는 의도였다. 그러나 유감스럽게도 한스는 쉴 수 있는 이 시간을 스스로 줄여버렸다. 문답서 사이에 그리스어나 라틴어 단어와 연습문제를 몰래 끼워 넣고 한 시간 내내 세속적인 학문에 몰두했던 것이다. 그러면서도 한스는 양심의 가책을 느껴 수업 시간 내내 고통스러운 불안감과 초조감에 시달려야 했다. 목사가 그의 옆으로 오거나 이름을 부르면 진땀이 나면서 가슴이 두근거렸다. 하지만 한스의 대답은 늘 정확하고 발음까지 완벽해 목사는 감탄하지 않을 수 없었다.

한스는 집에서도 밤늦게까지 아늑한 램프 아래 앉아 있었다. 쓰기와 외우기, 복습, 예습 등 수업마다 꼭 해야 하는 과제물이 많았다. 담임선생은 집의 평화로운 분위기에서 하는 공부가 특히 능률적이라고 조언했다. 그래서 한스는 화요일과 토요일에는 보통 열 시까지 공부하고, 나머지 요일에는 열한 시나 열두 시 또는 더 늦게까지 공부했다. 아버지는 석유를 많이 쓴다고 잔소리하면서도 아들을 자랑스럽게 생각했다. 한스는 어쩌다 시간이 나거나 인생의 칠 분의 일을 차지하는 일요일에는 학교에서 읽지 못한 책을 몇 권 읽고 문법을 복습하곤 했다.

"적당히 해야 해! 일주일에 한두 번씩 산책도 하고. 그건 아주 중요한 일이란다. 밖에 나가서 책을 읽는 것도 좋아. 바깥의 신선한 공기를 쐬면 더 잘 외울 수 있을 거야. 어쨌든 고개를 들고 힘차게 걸어 다녀야 한단다."

그 뒤로 한스는 되도록 고개를 꼿꼿이 들고 다니고, 산책하러 가서도 공부를 손에서 놓지 않았다. 또 잠을 자지 못해 눈가가 파르스름해진 채 조용히 걸어 다녔다.

담임선생이 교장에게 물었다.

"기벤라트는 어떨까요? 합격하겠지요?"

교장은 자신 있게 대답했다.

"그럼요, 그 아이는 합격할 거예요. 그 애만큼 똑똑한 학생을 본 적이 없어요. 잘 보세요. 그 애는 정말 정신적으로 충만한 듯해요."

마지막 일주일 동안 한스의 정신세계는 완전히 달라진 것 같았다. 귀엽고 부드러운 얼굴에서 쑥 들어간 눈은 탁한 빛으로 불안하게 반짝거리고, 잘생긴 이마에는 재주가 많아 보이는 가느다란 주름이 파였다. 그리고 야윈 팔과 손은 보티첼리 그림 속 등장인물처럼 나른한 듯하면서도 아름답게 축 늘어져 있었다.

드디어 시험 날이 다가왔다. 다음 날 아침에는 아버지와 함께 슈투트가르트로 가야 했다. 거기서 신학교의 좁은 문을 통과할 수 있을지 결정하는 주 시험을 치러야 한다. 한스는 교장에게 인사를 하러 갔다. 교장은 지금까지 볼 수 없었던 부드러운 표정으로 말했다.

"오늘 밤에는 더 이상 공부하지 마라. 나랑 약속하자. 내일 건강하고 무사히 슈투트가르트에 가야 하니 지금부터 한 시간만 산책한 뒤에 돌아가서 일찍 자렴. 젊은이들에겐 충분한 잠이 필요하단다."

이런저런 훈계를 들을 거라 생각하고 잔뜩 긴장했던 한스는 뜻밖에도 다정한 말을 듣자 마음이 가벼웠다. 한스는 안도의 한숨을 내쉬면서 교문을 나섰다.

키르히베르크의 커다란 보리수들이 늦은 오후의 뜨거운 햇살 아래 지친 듯 늘어서 있었다. 시장 앞 광장에는 큰 분수 두 개가 소리를 내며 햇빛에 반짝이는 물을 뿜어냈다. 불규칙한 모양의 지붕들 위로는 검푸른 전나무로 뒤덮인 산이 가깝게 보였다. 한스는 이 모든 것을 아주 오랜만에 보는 풍경처럼 느껐다. 모든 것이 아름답고 매혹적이었다. 머리가 아파서 오늘은 더 이상 공부하지 않기로 했다.

한스는 천천히 시장터와 옛 시청을 지나 시장의 좁은 골목을 통과하고 대장간 옆을 지나쳐 오래된 다리까지 걸어갔다. 그곳에서 잠시 서성거리다가 폭이 넓은 난간에 걸터앉았다. 몇 달 동안 매일 이곳을 네 번씩이나 지나다니면서도 다리 주변의 작은 고딕식 예배당이나 강물, 수문, 둑, 방앗간 등을 한 번도 눈여겨보지 않았다. 수영하는 곳이 있는 풀밭과 버드나무가 우거진 강가도 그냥 지나쳐 갔다. 강가에는 가죽 공장이 있었다. 강물은 호수처럼 깊고 푸르고, 활처럼 완만하게 구부러진 버드나무 가지가 물속까지 드리워져 있었다.

한스는 예전에 이곳에서 얼마나 많은 시간을 보냈는지 생각했다. 여기서 반나절 또는 온종일 수영도 하고 잠수도 하며 배도 타고 낚시질도 했다. 아, 낚시질! 지금은 모두 잊어버렸다. 작년에 시험공부 때문에 낚시질을 금지당했을 때 한스는 많이 울었다. 버드나무의 옅은 그늘에 앉아 있으면 방앗간 둑에서 물소리가 점점 또렷하게 들려왔다. 깊고 조용한 물, 수면에 비치는 햇빛, 부드럽게 구부러지는 긴 낚싯대, 물고기를 끌어올릴 때 느끼는 흥분, 파닥거리는 싱싱하고 통통한 물고기를 손으로 잡았을 때 느끼는 그 말할 수 없는 기쁨!

한스는 힘차게 움직이는 잉어를 몇 번 낚아본 적이 있다. 하얀 잉어와 통통한 잉어, 작고 귀여운 잉어를 잡았다. 한스는 오랫동안 강물을 내려다봤다. 파란 물속을 멍하니 보고 있자니 서글픈 생각이 들었다. 아름답고 자유로웠던 소년 시절의 즐거움은 이제 먼 옛날이야기가 되어버렸다. 한스는 무심히 빵한 조각을 꺼내 잘게 뜯은 뒤 물 위에 뿌렸다. 그러고는 가라앉는 빵 부스러기를 먹는 물고기들을 바라봤다. 처음에는 작은 물고기들이 와서 조그만 조각을 먹었다. 다 먹어치우자 이번에는 큰 조각에 달려들어 주둥이로 조금씩 쪼아댔다. 그러는 동안 커다란 은빛 잉어가 천천히 다가왔다. 잉어의 검고 넓은 등판은 물 밑바닥과 거의 구별이 되지 않았다. 잉어는 빵 조각 주위를 조심스럽게 헤엄치다가 갑자기 크고 둥근 입을 벌리더니 그대로 삼켜버렸다.

천천히 흘러가는 물에서 후텁지근한 냄새가 풍겨왔다. 푸른 수면에 하얀 구름이 희미하게 비쳤다. 물레방아 바퀴가 끼익거리며 돌아가는 소리와 두 곳의 둑으로 흘러가는 물소리가 들려왔다. 한스는 지난 일요일에 있었던 견진성사를 떠올렸다. 그날 의식을 올리면서 모두가 감동에 젖어 있을 때 한스는 그리스어 동사를 외우고 있었다. 그 일 말고도 한스는 수업 시간에 집중하지 못하고 이미 했던 공부나 앞으로 해야 할 공부를 생각하는 횟수가 점점 많아졌다.

'어쨌거나 시험은 잘 치르겠지.'

한스는 자리에서 일어났지만 어디로 가야 할지 생각나지 않았다. 그때 갑자기 누군가가 억센 손으로 어깨를 붙잡는 바람에 한스는 깜짝 놀랐다. 그 사람의 목소리는 아주 친절했다.

"잘 지냈니, 한스. 같이 좀 걸을까?"

구둣방 주인 플라이크였다. 예전에는 저녁 시간에 플라이크 아저씨 집에 가서 한 시간 정도 놀다 오곤 했지만 이제 가지 않은 지 오래되었다. 한스는 함께 걸었지만 신앙심 깊은 아저씨가 하는 말을 건성으로 들었다. 플라이크 아저씨는 시험에 대해서도 이런저런 이야기를 하면서 합격을 빌어주었다. 하지만 플라이크 아저씨가 하는 말의 원래 뜻은 그게 아니었다. 그의 말을 잘 들어보면 그런 시험은 별로 대수로운 게 아니며, 합격하건 불합격하건 간에 한스 탓이 아니라는 것이었다. 떨어진다고 해서 부끄러울 것은 없으며, 누구라도 그렇게 될 수 있다고 했다. 아저씨는 만일 시험에서 떨어진다고 해도 하느님이 모든 인간에게 고유한 뜻을 품고 그들 각자에게 맞는 길을 가도록 인도해주신다는 사실을 명심하라고 했다.

한스는 플라이크 아저씨에게 조금 미안한 감정을 느끼고 있었다. 아저씨는 유쾌하고 믿음직한 사람이어서 평소에 한스도 그를 존경하고 있었다. 하지만 마을 사람들이 플라이크 아저씨와 그가 참석하는 기도 모임을 두고 농담할 때마다 그게 옳지 않다고 생각하면서도 같이 따라 웃곤 했다. 한스는 아저씨의 날카로운 질문을 피하려고 구둣방을 피해 다닌 자신의 비겁함이 부끄러웠다. 한스는 선생들의 자랑거리가 되자 스스로 우쭐한 마음이 들었는데, 플라이크 아저씨는 그런 한스를 종종 놀리곤 했다. 그 뒤로 한스는 호의를 품고 자신을 대하는 사람을 점점 멀리하기 시작했다. 그의 충고를 받아들이기에는 한스가 한창 혈기 왕성한 소년이었고, 자신의 신념을 비난받는 것도 싫어했기 때문이다. 지금도 한스는 플라이크 아저씨와 이야기를 나누며 걷고 있지만 그가 무엇을 그렇게 걱정하는지 잘 알 수가 없었다.

두 사람은 한참을 걷다가 크로넨 골목에서 마을 목사를 만났다. 구둣방 아저씨는 차갑게 형식적인 인사만 건네고 걸음을 재촉해 지나갔다. 목사가 새로운 교리를 신봉해 부활을 믿지 않는다는 소문이 돌았기 때문이다. 목사는 한스와 나란히 걸었다.

"몸은 어떠니? 여기까지 오다니 정말 대단하구나."

"예, 몸 상태는 좋아요."

"잘해야 한다. 모두 너한테 기대를 걸고 있다는 걸 잘 알지? 특히 라틴어 시험에서 좋은 성적을 거둘 거라고 믿는단다."

한스는 자신 없는 목소리로 말했다.

"만일 떨어지면……."

"떨어지다니?"

목사는 몹시 놀라며 걸음을 멈췄다

"그런 일은 없어. 절대로 없을 거야. 걱정하지 마라."

"만일 그렇게 된다면 어떻게 해야 할지 생각한 것뿐이에요."

"그런 일은 있을 수도 없어, 한스. 절대로 그런 일은 없을 거야. 떨어질지도 모른다는 생각은 아예 하지 마라. 자! 힘을 내라. 아버지께 안부 전해드리고."

한스는 목사에게 인사를 하고 나서 구둣방 아저씨를 찾았다. 아저씨는 뭐라고 했지? 라틴어는 중요하지 않다. 바른 마음으로 하느님만 잘 섬기면 된다고 하셨지. 말은 쉽지. 목사님은 뭐라고 하셨지……? 만일 시험에서 떨어지면 목사님을 어떻게 보지?

한스는 침울해져서 집으로 돌아왔다. 가파르게 비탈진 정원에는 오랫동안 사용하지 않은 낡은 정자가 있었다. 예전에 한스는 그 안에 나무로 우리를 만들어 삼 년 동안 토끼를 키웠다. 하지만 지난가을 시험공부를 하느라 아쉽게도 토끼를 치워버렸다. 취미나 오락거리를 가질 만한 시간 여유가 없었던 것이다. 정원에 와본 게 얼마 만인지! 텅 빈 우리는 형편없었다. 구석에 있는 석순들도 다 허물어졌다. 나무로 만든 작은 물레방아 바퀴는 수도관 옆에 아무렇게나 놓여 있었다. 한스는 그것들을 만들면서 기뻐하던 때를 떠올렸다. 불과 이 년 전 일인데도 아주 먼 옛날처럼 생각되었다. 한스는 물레방아 바퀴를 조각조각 부숴 담 너머로 던져버렸다.

'이런 건 모두 없애버려야지. 이미 오래전에 쓸모없어진 건데, 뭐.'

문득 아우구스트가 생각났다. 아우구스트는 물레방아를 만들고 토끼우리 고치는 일을 도와준 친구였다. 이곳에서 돌멩이를 던지고, 고양이를 쫓고, 천막을 치고, 간식으로 당근을 먹으며 늦게까지 시간 가는 줄 모르고 함께 놀았다.

그 뒤 한스는 공부에 더 신경을 써야 했고, 아우구스트는 일 년 전에 학교를 그만두고 기계공 수습공으로 들어갔다. 그래서 지금까지 두 번밖에 얼굴을 보지 못했다. 아우구스트도 요즘은 더 바빠져서 서로 시간을 낼 틈이 없었다.

골짜기 위로 구름이 빠르게 흘러갔다. 해가 벌써 산머리 가까이에 있었다. 한스는 갑자기 울고 싶은 충동이 들었다. 하지만 그 대신 마차를 세워둔 헛간에서 손도끼를 들고 나와 야윈 팔로 휘두르며 토끼우리를 사정없이 부숴버렸다. 나뭇조각이 사방으로 튀고 못이 구부러졌다. 작년 여름에 놓아둔 썩은 토끼 먹이도 튀어나왔다. 한스는 계속 토끼우리를 부쉈다. 그렇게 해서 토끼와 아우구스트 그리고 지난 어린 시절의 그리운 기억이 없어지기를 바라면서.

그때 아버지가 창밖을 내다보며 외쳤다.

"야, 이놈아. 왜 그러니? 무슨 일이야?"

"땔감을 만들어요."

한스는 도끼를 집어던지고 집 뒤로 나가 강가로 뛰어 올라 갔다. 양조장 옆에는 뗏목 두 척이 묶여 있었다. 예전에는 종종 뗏목을 탄 채 몇 시간이고 물을 따라 내려가곤 했다. 무더운 여름날 오후에 바닥의 나무들 사이로 물이 튀어 오르는 뗏목에서 더위를 식히거나 졸기도 했다.

한스는 한가로이 떠 있는 뗏목에 올라탄 뒤 쌓아놓은 버드나무 위에 누워서 생각했다.

'뗏목이 움직인다. 풀밭을 지나 밭과 마을, 서늘한 숲 모퉁이를 지나고 다리와 수문 밑을 지나 천천히 흘러내려 간다. 나는 지금 뗏목 위에 누워 있다. 모든 것이 옛날 그대로다. 카프베르크에서 토끼에게 줄 풀을 뜯고 강가의 가죽 공장 마당에서 낚시질을 하던 때, 머리도 아프지 않고 아무런 걱정도 없던 그때로 돌아간다.'

한스는 저녁 무렵에야 집으로 돌아왔다. 피곤하고 기분도 좋지 않았다. 아버지는 다음 날로 다가온 슈투트가르트 여행 때문에 무척 흥분한 상태였다. 책은 챙겼는지, 검은색 옷은 준비했는지, 기차 안에서 문법책을 읽는 건 어떻게 생각하는지, 또 한스의 기분은 어떤지 몇 번이고 되풀이해서 물어봤다. 한스는 짜증스러운 듯이 건성으로 대답했다. 그러고는 저녁밥도 먹는 둥 마는 둥 하고 바로 잠자리에 들었다.

"그래 한스, 푹 자라. 그럼, 그래야지. 내일 아침 여섯 시에 깨워주마. 참, 사전도 챙겼지?"

"그럼요, 그런 걸 잊을 리가 있겠어요. 안녕히 주무세요."

한스는 불도 켜지 않은 채 조그만 방에서 오랫동안 가만히 앉아 있었다. 시험공부를 시작하면서 얻은 유일한 혜택이 이 작은 방이었다. 이 안에서는 자신이 주인이었다. 어느 누구의 방해도 받지 않고 뭐든 마음대로 할 수 있었다. 이 방에서 그는 피로와 졸음, 두통과 싸우면서 밤늦게까지 카이사르와 크세노폰, 문법과 사전, 수학 문제와 씨름했다. 세상에 이름을 떨치고 싶은 마음에 불타서 끈기와 집념으로 공부할 때도 있었지만 절망적인 기분이 들 때도 있었다. 또 한편으로는 한꺼번에 빼앗긴 어린 시절 놀이 이상의 가치 있는 시간을 보내기도 했다. 자랑스러움과 도취감 그리고 승리감에 넘치던 시간, 뭐라 말할 수 없이 뿌듯한 꿈과도 같은 시간이었다. 그런 때는 학교나 시험, 그 밖의 모든 것을 넘어서 한 단계 더 높은 세계로 들어가는 꿈을 꾸었다. 자신은 볼이 통통하고 착하기만 한 또래 친구들과는 다른 존재이고, 언젠가 뛰어난 사람이 되어 더 높은 곳에서 그들을 내려다볼 거라고 상상하며 행복에 젖었다. 지금도 한스는 이 방 안에 자유롭고 시원한 공기가 가득 찬 것처럼 숨을 깊이 들이마셨다. 그러고는 자신의 꿈과 소망과 생각에 잠겨 멍하니 침대에 걸터앉아 있었다. 힘든 공부로 지친 커다란 눈이 점점 감겼다. 한스는 눈을 크게 뜨려고 했지만 곧 다시 감기고 말았다. 창백해진 소년의 얼굴이 옆으로 기울어지고 가느다란 팔은 힘없이 늘어졌다. 한스는 옷을 입은 채로 잠들었다. 졸음의 손은 어머니 손처럼 부드럽게 한스의 흥분된 마음을 가라앉히고 잘생긴 이마에 팬 가느다란 주름들을 펴주었다.

이런 일은 이제까지 한 번도 없었다. 이른 아침인데도 교장이 기차역까지 나와 있었다. 검은색 프록코트를 입은 기벤라트 씨는 기쁘고 자랑스러운 마음에 흥분해 잠시도 가만있지 않고 교장과 한스의 주변을 왔다 갔다 했다. 역장과 역무원들은 두 사람의 안전한 여행과 한스의 합격을 빌어주었다. 아버지는 작고 딱딱한 여행 가방을 왼손에서 오른손으로 바꿔 들기도 하고, 우산을 팔에 끼웠다가 무릎 사이에 끼우기도 하면서 안절부절못했다. 그러다가 우산을 떨어뜨리기라도 하면 가방을 내려놓고 다시 우산을 집어 들었다. 아마도 모르는 사람이 봤다면 슈투트가르트가 아니라 미국에라도 가는 줄 알았을 것이다. 한스는 아주 침착해 보였지만 속으로는 불안에 떨고 있었다.

마침내 기차가 도착하자 사람들이 올라탔다. 교장은 손을 흔들며 작별 인사를 하고, 아버지는 담배에 불을 붙였다. 기차가 움직이면서 아래쪽 골짜기 사이로 시가지와 강물이 사라졌다. 여행은 두 사람에게 모두 즐겁기보다는 고통스러웠다.

이윽고 슈투트가르트에 도착하자 아버지는 갑자기 활기를 되찾은 듯했다. 유쾌하고 친절해져서 아주 사교적인 사람처럼 보였다. 도시 구경을 나온 시골 사람의 기쁨 같은 것도 느낄 수 있었다. 하지만 한스는 점점 더 말이 없어지고 불안해졌다. 시가지를 바라보니 중압감이 느껴졌다. 낯선 사람들과 마치 사람들을 내려다보는 듯 높고 화려하며 다닥다닥 붙은 건물들과 아득하게 멀리까지 보이는 도로 그리고 마차와 거리의 소음 등이 한스를 위협하고 두렵게 했다.

한스와 아버지는 큰어머니 집에서 묵기로 했다. 낯선 방과 큰어머니의 요란한 인사, 아버지의 끝없는 설교가 한스의 기분을 망치게 했다. 그 안에서 멍하니 있어야 하는 것도 한스를 힘들게 했다. 한스는 방 한구석에 조용히 쭈그리고 앉아 있었다. 낯선 환경, 큰어머니의 도시풍 옷차림, 커다란 무늬의 벽걸이, 탁상시계, 벽에 걸린 그림과 창밖의 소란스러운 거리를 보면서 자신이 완전히 외톨이가 된 듯한 기분이 들었다. 집을 떠난 지 아주 오래되어 그동안 외웠던 내용을 몽땅 잊어버린 것 같기도 했다.

오후에 다시 한번 그리스어 불변화사를 공부해야겠다고 생각했지만 큰어머니가 산책을 가자고 했다. 그 순간 한스는 푸른 초원과 숲 속의 바람 소리를 떠올렸다. 하지만 곧 이런 도시에서 하는 산책은 고향의 산책과는 다르다는 걸 알아차렸다.

아버지는 시내에 볼일이 있어서 한스는 큰어머니와 둘이서만 산책하기로 했다. 두 사람이 막 집을 나서려는데 계단에서 성가신 일이 벌어졌다. 뚱뚱하고 거만한 인상의 부인을 만난 것이다. 큰어머니는 부인에게 공손하게 허리를 굽혀 인사했다. 부인은 십오 분 동안이나 쉬지 않고 떠들었다. 그동안 한스는 계단 난간에 기대서 있었다. 부인이 데려온 작은 개가 한스를 보고 짖다가 으르렁대다가 했다. 뚱뚱한 부인은 코에 걸친 안경 너머로 한스를 훑어봤다. 한스는 두 사람이 자기 이야기를 하고 있다는 것을 알았다. 이야기가 끝나고 거리로 나온 큰어머니는 서둘러 한 가게로 들어가더니 한참을 나오지 않았다. 부끄러워하며 서 있던 한스는 지나가던 사람들에게 밀리기도 하고, 거리의 건달들에게 놀림을 당하기도 했다. 가게에서 나온 큰어머니는 커다란 초콜릿을 내밀었다. 한스는 초콜릿을 좋아하지 않았지만 예의 바르게 감사 인사를 하고 받았다. 다음 모퉁이에서 두 사람은 승합마차를 탔다. 사람들이 꽉찬 마차는 쉴 새 없이 방울을 울리면서 거리를 달려 마침내 가로수들이 서 있는 큰길가의 공원에 도착했다. 분수대에서는 물이 솟아오르고, 울타리가 쳐진 화단에는 꽃이 피어 있었으며, 인공으로 만든 작은 연못에서는 금붕어가 헤엄치고 있었다. 큰어머니와 한스는 다른 사람들 틈에 끼어 이리저리 걸어 다녔다. 수많은 사람의 얼굴, 우아한 옷차림과 그 밖의 여러 옷차림, 자전거와 환자용 휠체어와 유모차 등이 보였다. 소란스럽고 덥고 먼지가 많이 났다. 두 사람은 다른 사람들과 나란히 벤치에 앉았다. 쉴 새 없이 떠들던 큰어머니는 크게 숨을 들이쉬더니 상냥하게 웃으며 초콜릿을 먹으라고 했다. 한스는 먹고 싶지 않았다.

"왜 안 먹니? 그러지 말고 지금 먹어라, 어서!"

한스는 커다란 초콜릿을 꺼내 만지작거리다 조금 떼어 입에 넣었다. 정말 먹고 싶지 않았지만 큰어머니에게 솔직하게 말할 용기가 없었다. 한 조각을 간신히 먹고 있는데 큰어머니가 아는 사람을 발견했다.

"여기 앉아 있어라. 곧 돌아오마."

한스는 크게 한숨을 쉬고 나서 초콜릿을 잔디밭에 던져버렸다. 그런 다음 다리를 흔들면서 사람들을 보고 있으려니 갑자기 서글픈 생각이 들었다. 불규칙동사를 외워보려고 했는데 아무것도 기억나지 않았다. 한스는 그런 자신에게 너무나 놀라 얼굴이 파랗게 질려버렸다. 다음 날이 바로 시험인데 이럴 수가! 하나도 생각나지 않다니!

큰어머니가 돌아와서 올해 시험에는 백십팔 명의 지원자가 몰렸고 그중 삼십육 명만 뽑는다는 이야기를 전해주었다. 그 말을 들은 한스는 완전히 기운이 빠져 돌아오는 동안 한마디도 하지 않았다. 집에 돌아온 한스는 머리가 아팠다. 한스가 밥을 먹지 않겠다고 하자 아버지는 크게 야단을 쳤고 큰어머니마저 못마땅하게 여겼다. 잠자리에 든 한스는 무서운 꿈에 시달렸다. 백십칠 명이나 되는 학생과 함께 시험장에 앉아 있었는데, 시험관은 마을의 목사 같기도 하고 큰어머니 같기도 했다. 시험관은 한스 앞에 초콜릿을 쌓아놓고는 먹으라고 했다. 한스가 울면서 초콜릿을 먹고 있는 사이에 다른 학생들은 하나씩 작은 문으로 나갔다. 모두 자기 앞에 산더미처럼 쌓인 초콜릿을 다 먹어치웠다. 하지만 한스의 초콜릿은 점점 더 많아져 책상과 의자 위까지 가득 쌓이는 바람에 숨이 막혀 죽을 지경이었다.

다음 날 아침 한스는 커피를 마시면서 시험 시간에 늦지 않으려고 시계에서 눈을 떼지 못했다. 같은 시각 고향에서는 많은 사람이 한스를 생각하고 있었다. 구둣방 플라이크 아저씨는 아침을 먹기 전에 기도를 했다. 가족과 직공 그리고 두 제자가 식탁에 앉았다. 아저씨는 늘 하는 아침 기도에 이렇게 덧붙였다.

"주여! 오늘 시험을 치르는 한스 기벤라트를 지켜주시고 축복하시며 강하게 해주시옵소서. 그리고 훗날 주의 거룩한 이름을 알리는 사람이 되게 하시옵소서."

목사는 한스를 위해 기도하진 않았지만 아침 식사를 하면서 아내에게 이렇게 말했다.

"드디어 한스 기벤라트가 시험을 치르는군. 그 아이는 언젠가 주목할 만한 아주 뛰어난 인물이 될 거야. 그렇게 되면 라틴어 과외수업을 해준 덕을 볼 수 있겠지."

담임선생은 수업을 시작하기 전에 학생들에게 말했다.

"오늘 드디어 슈투트가르트에서 주 시험이 시작된다. 우리 모두 한스가 합격하길 기도하자. 물론 한스는 우리 기도가 없어도 합격할 거다. 너희같이 게으른 놈들은 열 명이 나서도 한스 하나를 당해내지 못할 거야."

학생들도 이곳에 없는 한스를 생각했다. 한스의 합격 여부에 내기를 걸고 있던 아이들은 더욱 그랬다.

진심에서 나오는 기원과 정성은 멀리 있어도 전해지는 법이다. 한스도 고향 사람들 모두가 자기를 생각해준다는 것을 느낄 수 있었다.

아버지를 따라 시험장에 들어서자 한스의 가슴이 두근거렸다. 학교 직원의 지시에 따라 움직일 때도 초조하고 불안했다. 창백한 얼굴의 소년들이 가득 찬 큰 방을 들여다보니 마치 고문실로 들어서는 죄인 같은 느낌도 들었다. 감독 선생이 들어와 조용히 하라고 말한 뒤 라틴어 문체 연습문제를 받아쓰라고 했다. 그런데 문제가 뜻밖에 쉬워서 안심할 수 있었다. 기분 좋게 답안을 작성하고 다시 신중하게 검토한 다음 답안지를 냈다. 한스는 빨리 답안지를 내는 학생 축에 들었다. 큰어머니 집으로 돌아갈 때 길을 잘못 들어 무더운 시내에서 두 시간이나 헤맸지만 기분은 그리 나쁘지 않았다. 오히려 아버지와 큰어머니한테서 잠시나마 벗어나게 된 게 즐거웠다. 소란스럽고 낯선 거리를 걷고 있자니 마치 모험가라도 된 듯했다. 사람들에게 길을 물어 간신히 집에 돌아오자 질문이 쏟아졌다.

"어떻게 봤니? 어때? 잘 본 것 같아?"

한스가 자랑스럽게 말했다.

"쉬웠어요. 그런 문제는 5학년 때 이미 풀 수 있었던 거예요."

한스는 배가 몹시 고파서 음식을 잔뜩 먹었다. 오후에는 별일이 없었으므로 아버지는 한스를 데리고 친척과 친구들에게 인사를 하러 다녔다. 그중 어느 집에서 검은색 옷을 입은, 조용하고 수줍어하는 아이를 만났다. 그 아이도 한스처럼 입학시험을 치르러 괴핑겐에서 왔다고 했다. 두 소년은 서먹해하면서도 서로 호기심을 느끼며 바라봤다. 한스가 물었다.

"라틴어 시험은 어땠니? 쉬웠지! 그렇지 않았어?"

"정말 쉬웠어. 하지만 그게 바로 함정일 거야. 쉬운 문제일수록 틀리기 쉽거든. 쉽다고 방심하게 되니까."

"그런가?"

"그럼, 시험문제 내는 사람들이 그렇게 바보는 아니야."

한스는 조금 걱정이 되었다. 그래서 조심스럽게 물었다.

"문제지 가져왔니?"

소년은 공책을 꺼냈다. 두 사람은 시험문제를 찬찬히 살펴봤다. 괴핑겐에서 온 소년은 라틴어를 아주 잘하는 듯했다. 한스가 전혀 들어보지 못한 문법 용어를 두 번이나 쓰면서 문제를 설명했다.

괴핑겐에서 온 소년이 물었다.

"내일은 무슨 시험이 있지?"

"그리스어하고 작문."

"참, 너희 학교에서는 몇 명이나 왔니?"

"나 혼자야."

"그렇구나. 괴핑겐에서는 열둘이나 왔어. 우리 가운데 정말 똑똑한 아이가 셋 있어. 아마 그 애들 가운데서 1등이 나올 거라며 모두 기대하고 있지. 작년에도 괴핑겐에서 온 애가 1등을 했거든. 만일 떨어지면 넌 김나지움(독일의 인문계 고등학교 ─ 옮긴이)에 갈 거니?"

한스는 그런 것은 한 번도 생각해본 적이 없었다.

"글쎄…… 모르겠어. 아냐, 아마 안 갈 거야."

"그렇구나! 나는 이번에 떨어져도 학교는 계속 다닐 거야. 어머니가 울름으로 보내준다고 하셨거든."

한스는 갑자기 그 소년이 대단하게 생각되었다. 매우 우수한 셋을 포함한 열두 명의 괴핑겐 출신 아이가 마음에 걸렸다. 어쩌면 떨어질지도 모른다는 생각이 들었다.

한스는 집으로 돌아와 'mi'로 끝나는 동사를 다시 찾아봤다. 라틴어에는 자신 있어 신경이 쓰이지 않았지만 그리스어는 조금 달랐다. 그리스어를 좋아하고 공부도 열심히 했지만 모두 읽기를 위한 것이었다. 특히 크세노폰은 아름답고 감동적이며 생생한 느낌으로 다가왔다. 맑고 깨끗하고 힘찬 울림을 가진 언어들은 경쾌하고 자유로운 느낌을 주었다. 또 이해하기도 어렵지 않았다. 하지만 독일어를 그리스어로 옮길 때는 서로 다른 문법 탓에 헷갈렸다. 한스는 맨 처음 그리스어 알파벳을 배우던 시간에 맛본 공포에 가까운 기분을 다시 느꼈다.

다음 날은 1교시에 그리스어 시험과 2교시에 독일어 작문 시험을 치렀다. 아주 긴 그리스어 문장이 나왔는데 조금 어려웠다. 독일어 작문의 주제도 까다로웠다. 자칫하면 주제에서 벗어난 글을 쓰기 쉬웠다. 열 시가 지나자 시험을 치르는 교실 안이 더워지기 시작했다. 그리스어 시험 시간에는 펜으로 종이를 찢는 바람에 답안지를 두 장이나 버려야 했다. 한스가 가진 펜의 품질이 좋지 않았던 것이다. 작문 시험 시간에는 옆에 앉은 학생이 용감하게도 한스의 옆구리를 찌르며 질문을 적은 쪽지를 내밀었다. 한스는 난처했다. 시험을 치를 때 다른 학생과 말하는 것은 금지 사항이므로 이를 어기면 퇴장당했다. 겁에 질린 한스는 '몰라'라고 써서 돌려주었다.

몹시 더운 날이었다. 감독 선생은 잠시도 쉬지 않고 일정한 간격으로 교실 안을 왔다 갔다 하면서 손수건을 꺼내 땀을 닦았다. 한스는 견진성사 때 입었던 두꺼운 옷을 입고 있어 땀이 나고 머리도 아팠다. 결국 될 대로 되라는 심정으로 만족스럽지 못한 답안지를 내고 말았다.

집으로 돌아온 한스는 식사하는 동안 한마디도 하지 않았다. 무엇을 물어봐도 어깨만 움츠리고 마치 죄인 같은 표정으로 앉아 있었다. 큰어머니는 한스를 위로해주었지만 아버지는 화를 냈다. 식사가 끝나고 아버지는 한스를 옆방으로 데려가 꼬치꼬치 캐물었다. 한스가 대답했다.

"떨어질 것 같아요."

"그러게 열심히 좀 하지 그랬어? 침착하지 못했구나……. 바보 같은 놈!"

아무 말도 하지 않던 한스는 아버지가 야단을 치자 자기도 모르게 흥분했다.

"아버지는 그리스어 같은 건 하나도 모르시잖아요?"

게다가 두 시에는 면접시험을 봐야 했다. 한스는 이 시험이 너무 싫었다. 무더운 거리를 걸어 시험장으로 가면서 비참한 기분이 들었다. 불안한 마음에 머리가 아프고 어지럽기까지 해서 눈도 제대로 뜰 수 없었다.

한스는 커다란 녹색 책상을 사이에 둔 채 시험관 세 명과 마주 앉아 십 분 동안 라틴어 문장을 몇 개 번역하고 질문에 대답해야 하는 시험을 치렀다. 그러고 나서 다시 십 분 동안 또 다른 시험관 세 명 앞에서 그리스어를 번역하고 몇 가지 질문에 대답해야 했다. 시험관은 마지막 질문으로 그리스어의 불규칙동사 과거형을 물어봤다. 하지만 한스는 기억이 나지 않았다.

"자, 이제 가도 좋아요. 오른쪽 문으로 나가세요!"

그런데 문 앞까지 왔을 때 시험관이 물어본 동사의 과거형이 갑자기 생각났다. 한스는 그 자리에 멈춰 섰다. 시험관이 큰 소리로 말했다.

"나가요, 학생. 이제 나가라고요. 무슨 일이 있나요?"

"아닙니다. 방금 답이 생각났습니다."

한스가 큰 소리로 과거형을 말하자 시험관들 중 한 명이 소리 내어 웃었다. 한스는 머리가 뜨거워지는 것을 느끼며 시험장에서 나왔다. 시험에 나왔던 질문과 자신이 한 대답을 떠올려보려고 했지만 머릿속이 엉망이 되어 하나도 기억나지 않았다. 단지 커다란 녹색 책상과 프록코트를 입은 엄숙한 표정의 나이 든 시험관 세 사람, 펼쳐져 있던 책, 그 위에 놓인 자신의 떨리는 손만 떠오를 뿐이었다. 한스는 생각했다.

'아, 내가 뭐라고 대답한 거야!'

거리를 걷던 한스는 갑자기 이곳에 온 지 몇 주일이나 지난 듯했다. 다시는 고향으로 돌아갈 수 없을 것 같기도 했다. 자기 집 마당과 전나무 숲이 있는 푸른 산, 강가의 낚시터가 아주 먼 곳에 있고 오래전에 본 듯한 느낌이 들었다. 아! 오늘 집에 갈 수 있다면! 시험을 모두 망쳐버려 이곳에 더 있을 필요가 없어 보였다. 한스는 아버지에게 변명하는 게 싫어 우유빵을 사 먹은 다음 오후 내내 거리를 헤매고 다녔다. 집으로 돌아오니 모두 한스를 걱정하고 있었다. 한스가 너무 피곤해 보이자 아버지와 큰어머니는 달걀 수프를 먹여 얼른 재웠다. 다음 날은 수학과 종교 시험을 치러야 했다. 그것만 끝나면 집에 돌아갈 수 있었다.

다음 날 시험은 아주 잘 치렀다. 어제는 중요한 과목을 망쳤는데 오늘은 시험을 잘 보다니 이런 아이러니한 일이 있을 수 있나 싶었다. 하지만 어쨌든 한스는 기분이 좋았다. 이제는 집으로 돌아갈 일만 남았다! 집에 돌아온 한스가 말했다.

"시험이 다 끝났으니까 이젠 집에 가도 돼요."

아버지는 여기서 하루 더 머물고 싶어 했다. 칸슈타트에 있는 온천 공원에 가서 커피를 마시자고 했다. 하지만 한스가 혼자서라도 집에 돌아가겠다고 하자 허락해주었다.

아버지와 큰어머니는 한스를 기차역까지 배웅해주었다. 큰 어머니는 한스에게 입맞춤을 하고 도시락을 챙겨주었다. 한 스는 아무 생각도 하지 않고 기차가 가는 대로 흔들리면서 푸른 구릉지대를 지나 집으로 향했다. 검푸른 전나무 숲이 나타나자 비로소 벗어난 게 실감났다. 늙은 하녀인 아나와 자신의 작은 방, 교장과 정든 교실 말고도 많은 것이 그리웠다. 다행히 기차역에서 아는 사람을 아무도 만나지 않았다. 한스는 작은 짐 보따리를 들고 서둘러 집으로 돌아왔다.

아나 할멈이 물었다.

"슈투트가르트에서는 재미있었니?"

"재미있었느냐고요? 시험 보는 게 뭐가 재미있었겠어요. 집에 돌아온 것만 좋을 뿐이에요. 아버지는 내일 오신대요."

한스는 신선한 우유를 한 잔 마시고서 창밖에 걸린 수영복을 들고 뛰어나갔다. 사람들이 몰리는 초원으로 가지 않고 시내에서 멀리 떨어진 바게로 갔다. 우거진 숲 사이로 깊은 물이 느리게 흐르는 곳이었다. 한스는 옷을 벗고 손과 발을 천천히 담그며 시원한 물속으로 들어갔다. 몸이 조금 떨렸지만 헤엄을 치기 시작했다. 약한 물살을 헤치며 천천히 수영하고 있자니 땀과 함께 지난 며칠간 한스를 괴롭혔던 불안이 씻겨나가는 듯했다. 흐르는 물에 쇠약해진 몸을 시원하게 맡기는 동안 마음속에서 새로운 기쁨이 넘쳤다. 아름다운 고향에 돌아온 것이다. 한스는 오랫동안 헤엄쳤다. 상쾌하고 서늘한 기운과 피곤함이 몰려왔다. 한스는 하늘을 보고 누웠다. 은빛 원을 이룬 파리 떼가 붕붕거리면서 저녁 하늘을 날아가고 있었다. 작은 제비들도 빠르게 저녁 하늘을 날아갔다. 산 너머로 기울기 시작하는 해가 하늘을 분홍빛으로 물들였다. 한스가 다시 옷을 입고 꿈을 꾸는 듯한 기분으로 어슬렁거리면서 집으로 돌아올 무렵, 골짜기에 어둠이 깔리기 시작했다.

한스는 상인인 자크만의 마당을 지나갔다. 아주 어렸을 때 여기서 친구들과 아직 익지도 않은 살구를 따 먹던 일이 생각났다. 하얀 전나무가 여기저기 굴러다니는 키르히너의 목재소도 지났다. 예전에 저 목재들을 들추고 낚시 미끼로 쓸 지렁이를 찾기도 했다. 검사관인 게슬러의 작은 집을 지날 때는 이 년 전 스케이트장에서 본 그의 딸 에마에게 관심이 갔던 기억이 떠올랐다. 에마는 여학생들 가운데 가장 예쁘고 우아했다. 나이도 한스와 비슷했을 것이다. 한때 에마와 한 번이라도 이야기를 나누거나 악수라도 해보기를 얼마나 바랐던가. 한스가 너무 수줍어서 그런 일은 일어나지 않았다. 그 뒤 에마는 기숙학교에 들어갔고 지금은 얼굴도 거의 기억나지 않았다. 모든 기억이 아득한 저편으로 사라져버렸다. 하지만 어렸을 때의 이런 추억이 먼 세계에서 다시 찾아오는 듯했다. 이제껏 경험한 어떤 일들보다도 강한 색채를 띠고 마음을 울리는 향기를 풍겼다. 그 무렵 한스는 저녁이면 나숄트 집 문간에 앉아 리제가 감자 껍질을 벗기며 해주는 이야기를 듣곤 했다. 일요일에는 아침부터 바지를 걷어 올리고 새우나 물고기를 잡았다.

조심하기는 했지만 일요일 외출복을 적시는 바람에 아버지에게 매를 맞기도 했다. 그때는 이상하고 진귀한 물건도, 재미있는 사람도 많았다. 오랫동안 그런 것들을 완전히 잊어버리고 있었다.

목이 굽은, 구둣방 슈트로마이어 아저씨가 자기 아내를 독살했다는 소문이 사실이라는 이야기도 있었다. 성격이 엉뚱한 베크 씨도 있었다. 그는 점심 도시락과 지팡이를 들고 이 지역 여기저기를 돌아다녔다. 예전에는 돈이 많았고 마차가 한 대, 말도 네 마리나 갖고 있었기에 사람들은 아직도 '씨'자를 붙여서 불렀다.

한스는 이런 사람들에 대해 이름 말고는 아는 게 없었다. 이 어두컴컴하고 작은 골목도 자신과는 아무런 상관이 없는 곳이라고 생각했다. 더군다나 그런 것들에서 어떤 활기도 느끼지 못했으며, 경험해보고 싶다는 생각도 들지 않았다.

한스는 그다음 날도 쉴 수 있었으므로 한낮이 될 때까지 늦잠을 자면서 여유를 즐겼다. 점심때는 아버지를 마중하러 갔다. 아버지는 아직도 슈투트가르트를 여행한 흥분이 남아 있어 만족스럽고 행복해 보였다. 아버지가 호탕하게 말했다.

"한스, 합격만 하면 아비가 뭐든지 해주마. 미리 생각해 둬라."

소년은 한숨을 쉬며 대답했다.

"이제 다 틀렸어요. 떨어질 것 같아요."

"그런 바보 같은 소리 하지 마! 내 마음이 바뀌기 전에 갖고 싶은 거나 있으면 말해라. 후회하지 말고."

"그럼, 방학이 되면 다시 낚시질을 하고 싶어요. 해도 되죠?"

"그래, 좋아. 시험에 붙기만 하면 뭘들 못 해주겠니?"

일요일에는 세찬 소나기가 쏟아졌다. 한스는 방에 틀어박혀 책을 읽다가 생각에 잠겼다. 시험문제를 다시 한번 살펴보기도 했는데 그때마다 좀 더 잘 봐야 했다는 생각만 들었다.

'합격할 가능성은 거의 없는 것 같아. 머리가 또 아프네!'

한스는 점점 불안해지면서 가슴이 답답했다. 그래서 아버지에게 달려갔다.

"아버지! 아버지!"

"왜 그러니?"

"여쭤볼 게 있어요. 낚시질은 못 해도 좋아요. 그것보다 더 하고 싶은 게 있어요."

"뭔데? 뭐가 그렇게 하고 싶은 거니?"

"저, 궁금한 게 있는데요……. 가도 되나 해서요."

"도대체 왜 그러는지 모르겠구나. 내가 반대할 만한 일은 아니겠지?"

"만일 시험에 떨어지면 김나지움에 가도 되나요?"

아버지는 말문이 막힌 듯했다.

"뭐? 김나지움?"

그러고는 소리를 질렀다.

"김나지움에 간다고? 누가 너한테 그러라고 하더냐?"

한스는 괴로운 표정을 지으며 말했다.

"아무도 그렇게 말하지 않았어요. 그냥 저 혼자 그런 생각을 했을 뿐이에요."

아버지는 화를 내며 말했다.

"저리 가거라! 꼴도 보기 싫구나! 당치도 않아. 김나지움에 가겠다고! 이 아비가 무슨 상공회의소 고문처럼 돈이 많은 줄 알아?"

아버지는 단번에 거절했다. 한스는 절망감을 느끼고 방을 나갔다. 뒤에서 아버지의 목소리가 들렸다.

"저런, 저런! 이게 말이 되는 소리야. 김나지움에 가겠다니! 바보 같으니라고. 당치도 않아."

한스는 창턱에 앉아 깨끗하게 닦인 마룻바닥을 바라봤다. 그리고 이제 정말 신학교도 김나지움도 대학도 다 못 가게 되면, 그래서 공부를 더는 못 하게 되면 어떻게 해야 할지 생각해 봤다. 아마도 치즈 가게나 사무실에 수습생으로 가게 될 것이다. 그렇게 해서 평범하고 불쌍한 사람이 되어 일생을 마치겠지. 한스는 그런 사람들을 경멸했고 어떻게든 그들보다 뛰어난 사람이 되고 싶었다. 한스의 얼굴에서는 귀엽고 영리한 학생다운 모습이 사라지고 분노와 슬픔에 가득 찬 모습만 남았다. 한스는 갑자기 미친 듯이 자기 방으로 달려가 라틴어 시집을 벽에 던져버렸다. 그러고는 문밖으로 나와 빗속을 달렸다.

월요일 아침, 한스는 학교에 갔다. 교장이 한스에게 손을 내밀며 말했다.

"그래, 잘 지냈니? 어제 올 줄 알았는데…… 시험은 어떻게 치렀니?"

한스가 말없이 고개를 숙이자 교장이 다시 물었다.

"한스! 어떻게 치렀니? 못 본 것 같아?"

"예, 그런 것 같아요."

교장은 한스를 위로해주었다.

"음, 그래도 좀 기다려보자. 아마 오늘 안으로 슈투트가르트에서 통지가 올 거야."

그날 오전은 너무나 지루하게 지나갔다. 아직 아무런 소식도 없었다. 한스는 가슴이 답답해서 점심도 거의 먹지 못할 지경이었다. 오후 두 시에 교실로 돌아갔더니 담임선생이 기다리고 있었다. 담임선생은 한스에게 손을 내밀었다.

"한스 기벤라트! 축하한다. 주 시험에 2등으로 합격했다."

교실 안이 조용해졌다. 그때 교장이 들어왔다.

"축하한다, 한스. 뭐라고 한마디 해야지!"

소년은 너무나 뜻밖의 일이라 어안이 벙벙했다.

"이런! 왜 아무 말도 안 하니?"

한스는 혼잣말을 했다.

"내가 1등이 되는 건데. 그것만 알았더라면……."

교장이 말했다.

"자, 빨리 집에 가봐라. 아버지께 이 기쁜 소식을 전해야지. 이젠 학교에 나오지 않아도 좋다. 안 그래도 일주일만 있으면 방학이구나."

소년은 얼떨떨한 기분이 되어 거리로 나왔다. 보리수가 서 있고 햇빛이 비치는 시장터가 보였다. 달라진 것은 아무것도 없었지만 예전보다 더 아름답고 의미 있고 행복하게 보였다. 신학교에 합격한 것이다! 게다가 2등으로 붙었다니! 처음에 느꼈던 벅찬 기쁨이 가라앉자 마음속 깊은 곳에서 뜨거운 감사의 마음이 올라왔다.

이제는 마을 목사를 피해 다닐 필요가 없다. 공부를 계속할 수 있는 것이다! 치즈 가게나 사무실에 들어가야 하나 걱정할 필요도 없었다! 그리고 낚시질을 할 수 있게 되었다. 한스가 집에 들어섰을 때 마침 아버지는 현관에 서 있었다. 아버지가 짧게 물었다.

"무슨 일 있니?"

"별일 아니에요. 이젠 학교에 나오지 않아도 된대요."

"뭐라고? 어째서?"

"이제 신학교 학생이니까요."

"그래, 해냈구나. 합격했구나!"

한스는 고개를 끄덕였다.

"성적은 잘 나왔고?"

"2등이래요."

여기까지는 아버지도 전혀 기대하지 못한 일이었다. 아버지는 할 말을 잊은 채 아들의 어깨를 두드리며 계속 웃기만 했다. 뭔가 말하고 싶었지만 아무 말도 할 수 없어서 그저 고개만 끄덕일 뿐이었다. 아버지는 큰 소리로 말했다.

"정말 장하구나."

그러고는 또 한 번 "장하다, 내 아들"이라고 말하며 몹시 기뻐했다.

한스는 집 안으로 들어가 다락방으로 올라갔다. 아무도 사용하지 않는 다락방의 벽장을 뒤져 상자 몇 개와 노끈 다발, 코르크를 꺼냈다. 낚시 도구였다. 낚싯대가 필요했다. 한스는 아버지에게 가서 말했다.

"아버지, 칼 좀 주세요."

"뭐하려고 그러니?"

"낚싯대를 만들려고요……."

아버지가 호주머니에서 돈을 꺼냈다.

"자! 2마르크다. 이젠 너도 너만의 칼을 갖는 게 좋겠다. 한

프리트네 말고 건너편 대장간에 가서 사라."

한스는 아버지가 말한 대장간으로 갔다. 시험 결과를 물어본 대장간 주인은 기쁜 소식을 듣더니 특별히 좋은 칼을 주었다. 브뤼엘 다리 아래에는 아름다운 오리나무와 개암나무가 무성했다. 한스는 그곳에 오래 머물며 힘 있고 탄력이 좋은 나뭇가지를 골라 집으로 가져왔다.

한스는 빨갛게 달아오른 얼굴로 눈을 반짝이며 낚싯대를 만들었다. 그것은 낚시질 못지않게 즐거운 작업이었다. 한스는 어두워질 때까지 꼼짝하지 않고 낚싯대를 만드는 데 열중했다. 흰색과 갈색, 녹색의 실을 골라 꼼꼼하게 서로 잇고 매듭이나 엉킨 곳을 풀었다. 모양과 크기가 제각각인 코르크와 찌를 점검하고 납덩이를 조그맣게 깎아 낚싯봉을 만들기도 했다. 그다음에는 낚싯바늘을 손봤다. 예전에 남겨둔 것을 나눠 네 겹의 검은 실과 악기 줄 그리고 잘 꼰 말총에 단단하게 묶었다. 밤이 이슥해서야 모든 준비가 끝났다. 이제 칠 주 동안의 방학을 어떻게 보낼지 걱정할 필요가 없었다. 낚싯대만 있으면 날마다 아침부터 밤까지 강가에 나가 혼자서 얼마든지 재미있게 보낼 수 있었다.

2장

여름방학이란 이래야 한다. 산 위에는 용담꽃처럼 푸른 하늘이 걸려 있었다. 햇볕이 내리쬐는 무더운 날이 몇 주 동안 계속되고 이따금 세찬 소나기가 내렸다. 강물은 사암과 전나무 그늘 그리고 좁은 골짜기 사이를 흘러갔다. 물이 따뜻해서 저녁 늦게까지 물속에 들어갈 수 있었다. 작은 마을에는 마른풀과 베어놓은 풀 냄새가 감돌았다. 좁고 긴 보리밭은 황금빛으로 물들고, 시냇가에는 하얀 꽃이 사람 키만큼이나 높게 피었다. 꽃은 고깔처럼 생겼는데, 작은 벌레들이 붙어 있고 줄기를 잘라 피리처럼 불 수도 있었다. 물가를 따라서는 털이 있고 노란 꽃이 피는 현삼이 자랐다. 골짜기 비탈에는 미끈한 줄기의 부처꽃과 야생 장미가 바람에 흔들리며 사방을 분홍색으로 물들였다. 전나무 밑에는 신기하고 아름다운 모습의 디기탈리스가 우뚝 솟아 있었다. 은빛 털이 난 디기탈리스 잎은 폭이 넓고 힘차게 뻗어 있고, 긴 줄기 위에는 술잔 모양의 빨간색 꽃들이 나란히 피어 있었다. 그 옆에는 반들거리는 빨간색 파리잡이버섯과 두껍고 넓은 슈타인필츠(돌같이 딱딱한 식용 버섯 – 옮긴이), 괴상하게 생긴 선모, 수많은 붉은 가지가 달린 싸리버섯 등 갖가지 버섯이 자라고 있었다. 또 빛깔도 없고 이상스러울 만큼 두꺼운 석장초도 있었다. 숲과 풀밭 사이에 잡초가 우거진 곳에는 짙은 노란색 금작화와 가늘고 긴 연자주색 석남화가 피어 있었다. 두 번째 풀 벨 시기가 다가오는 풀밭에는 황새냉이와 센나, 샐비어, 체꽃 등 수많은 풀이 자라고 있었다.

활엽수가 우거진 숲에서는 방울새가 지저귀고 붉은빛을 띤 갈색 다람쥐들이 전나무 사이를 뛰어다녔다. 길바닥과 담벼락 그리고 메마른 물길에는 초록색 도마뱀이 따뜻해서 기분이 좋은 듯 온몸을 부풀리며 조용히 숨 쉬고 있었다. 도마뱀의 몸뚱이가 햇빛을 받아 반짝거렸다. 풀밭 저 너머에서는 매미 소리가 끊임없이 들려왔다.

이때쯤의 마을은 정말 농촌 같았다. 거리는 마른풀을 가득 실은 마차와 마른풀 냄새 그리고 쇠를 두드리는 망치 소리로 가득 찼다. 두 곳의 공장만 없었더라면 아주 멀리 떨어진 시골에 와 있는 듯했을 것이다.

방학 첫날 아침, 아나 할멈보다도 일찍 일어난 한스는 부엌에 가서 커피가 만들어지기를 기다렸다. 그는 불 피우는 일을 도와주고 차가운 우유를 부어 식힌 커피를 마셨다. 그러고는 빵을 집어 들고 집 밖으로 나섰다. 한스는 기찻길 옆에서 잠깐 멈춰 메뚜기를 잡은 뒤 양철통에 담았다. 바로 옆으로 기차가 지나갔다. 급경사를 이루는 곳이라 기차는 천천히 달렸다. 창문을 활짝 열고 달리는 기차 안에는 사람이 별로 없었다. 기차는 하얀 연기를 남기면서 한가롭게 달려갔다. 한스는 맑게 갠 이른 아침의 하늘 위로 하얀 연기가 소용돌이처럼 피어오르다 사라지는 모습을 물끄러미 바라봤다. 얼마나 오랫동안 잊고 지내던 광경인가! 한스는 크게 숨을 내쉬었다. 시간을 빠르게 되돌려 아무런 거리낌이나 불안감도 없었던 아름다운 어린 시절로 돌아가고 싶었다.

한스는 메뚜기를 담은 양철통과 새로 만든 낚싯대를 들고 다리를 건넌 뒤 밭을 지나 수심이 가장 깊어 말을 목욕시키는 물가로 걸어갔다. 가는 내내 한스의 가슴은 왠지 모를 기쁨과 낚시의 기대감으로 두근거렸다. 지금 가는 곳은 버드나무로 가려져 아무에게도 방해받지 않고 편하게 낚시할 수 있었다. 한스는 작은 납덩이와 통통한 메뚜기를 매단 낚싯줄을 강 한복판에 던졌다. 오랫동안 해왔던 익숙한 놀이를 이제 다시 시작하는 것이다. 미끼 주변으로 작은 붕어들이 모여들었다. 메뚜기는 곧 흔적도 없이 사라졌다. 한스는 또 다른 메뚜기를 매 달았고 메뚜기 다섯 마리가 그렇게 사라졌다. 다시 낚싯대에 새로운 미끼를 달았다. 잠시 뒤 제법 큰 물고기가 다가왔다. 물 고기는 미끼를 물었다가 놓기를 반복하며 살짝 건드리기만 하 더니 마침내 덥석 물었다. 숙련된 낚시꾼이라면 줄과 낚싯대 를 거쳐 전달되는 느낌으로 무엇이 걸렸는지 알 수 있다. 한스 는 낚싯줄을 크게 잡아채고 살금살금 끌어당기기 시작했다. 황어가 걸려 있었다. 담황색으로 빛나는 넓적한 몸과 뾰족한 머리 그리고 유난히 아름답게 빛나는 분홍색 지느러미까지 황 어가 틀림없었다. 무게가 얼마나 나갈까? 그러나 무게를 가늠 하기도 전에 그놈은 펄쩍 뛰어오르더니 이내 물속으로 떨어지 고 말았다. 한스는 떨어진 물고기가 물 위를 서너 번 맴돌다가 물속으로 깊이 사라지는 것을 바라봤다. 그 뒤로는 물고기가 잘 잡히지 않았다.

한스는 점점 더 흥분하며 낚시질에 열중했다. 한스의 두 눈 은 물 위에 드리워진 가느다란 갈색 낚싯줄에 고정되었다. 한 스는 흥분해서 볼이 빨갛게 달아올랐으며, 몸짓은 재빠르고 정확했다. 다시 황어가 나타난 것이다. 한스는 조심스럽게 물 고기를 끌어올렸다. 하지만 유감스럽게도 황어가 아니라 작은 잉어였다. 그다음에는 연달아 망둥이 세 마리를 낚았다. 아버 지가 좋아하는 물고기여서 더욱 기분이 좋았다. 눈이 작고 두

툼한 머리에 하얀 수염이 나 있는 망둥이는 손바닥만 한 크기에 몸통이 날씬하고 기름진 물고기다. 물속에서는 녹색이나 갈색처럼 보이지만 땅 위에 놓아두면 강철처럼 검푸른 색으로 변했다.

시간이 흘러 해가 높이 솟아올랐다. 위쪽에 있는 둑이 하얗게 빛나고 따뜻한 바람이 물 위를 스치고 지나갔다. 무크베르크 산 위로 손바닥만 한 하얀 구름이 둥둥 떠 있었다. 날이 점점 더워지고 있었다. 파란 하늘 위에 조용히 떠 있는 조각구름이 한여름의 뜨거움을 잘 보여주고 있었다. 그 구름 때문에 지금 날씨가 얼마나 더운지 알 수 있었다. 파란 하늘이나 반짝거리는 수면보다는 한낮에 뭉게뭉게 피어나는, 범선 같은 하얀 구름을 볼 때 비로소 태양의 뜨거움을 느낄 수 있는 법이다. 그럴 때 사람들은 햇볕을 피할 그늘을 찾게 되니 말이다.

낚시질이 점점 지루해지기 시작했다. 한스는 조금 피곤했다. 보통 한낮이 되면 물고기도 거의 낚이지 않았다. 물고기들 가운데는 은빛 쥐노래미가 가장 나이를 먹었는데, 큰 놈들도 한낮에는 햇볕을 쬐려고 수면으로 올라왔다. 떼를 지어 꿈을 꾸듯 수면에 닿을락 말락 스쳐 지나가다가 갑자기 무엇엔가 놀란 듯 움직이곤 했다. 하지만 지금은 이놈들마저 낚싯줄에 걸리지 않았다.

한스는 버드나무 가지가 늘어진 물속에 낚싯대를 던져놓고 바닥에 앉아 물끄러미 강물을 바라봤다. 물고기의 검은 등이 천천히 수면으로 나타났다. 물고기들은 따뜻한 물속에서 여유롭게 헤엄쳐 다녔다. 그것들도 따뜻한 물속이 좋은 듯했다. 한스는 신발을 벗고 물속으로 들어갔다. 따뜻했다. 한스는 자신이 잡은 물고기를 바라봤다. 커다란 통에 담긴 물고기들은 가끔 파닥거릴 뿐 물에 조용히 떠 있었다. 얼마나 예쁜 모습인가! 물고기들이 움직일 때마다 비늘과 지느러미에서는 흰색과 갈색, 녹색, 은색, 황금색, 청색 등 여러 빛깔이 나타났다.

주변은 무척 조용했다. 다리를 지나가는 마차도 거의 없고 뗏목 말뚝에 물이 철썩거리며 부딪히는 소리만 들려왔다. 아주 멀리서 물레방아 돌아가는 소리가 희미하게 들렸다. 둑 주변으로 몰려와 하얗게 거품을 내며 물보라가 이는 소리도 평화롭고 시원하게 들렸다. 한스는 졸음이 밀려왔다.

그리스어와 라틴어, 문법과 문체론, 수학과 암기 그리고 일 년 동안 불안해하며 갈팡질팡했던 일들이 모두 이 무더운 날씨의 졸음 속에 조용히 잠겨버렸다. 머리가 조금 아프기 시작했지만 다른 때처럼 심하지는 않았다. 지금은 예전처럼 강가에 앉아 있는 것이다. 한스는 둑 가장자리로 물거품이 일어나는 것을 보다가 눈을 가늘게 뜨고 낚싯대를 살펴보기도 했다. 옆에 놓인 통 안에서는 잡은 물고기들이 헤엄치고 있었다. 뭐라 말로 표현할 수 없는 기분이 들었다. 이따금 자신이 주 시험에 2등으로 합격한 사실이 떠오르기도 했다. 그런 생각이 들면 양손을 바지 주머니에 넣고 휘파람을 불면서 발장구를 쳤다. 한스는 휘파람을 잘 불지 못했다. 그래서 예전부터 친구들에게 놀림을 받곤 했다. 아직도 이와 이 사이로 '쉬쉬' 하는 소리만 낼 뿐이었다. 하지만 한스는 다른 사람들에게 들려줄 필요가 없으니 이 정도로도 충분하다고 생각했다. 더군다나 지금은 주변에 아무도 없었다. 다른 친구들은 모두 학교에서 수업을 받고 있었다. 자신만 이렇게 한가로이 지낼 수 있었다. 한스는 모든 아이를 앞질렀고, 그 아이들은 모두 자신의 발아래 있었다. 아우구스트 말고는 친한 친구도 없었다. 아이들끼리 씨름이나 장난을 할 때도 한스는 끼려 하지 않아서 다들 그를 좋아하지 않았다. 그렇지만 지금은 멍청하고 아둔한 아이들이 오히려 한스를 부러워할 것이다. 그들을 생각하며 입까지 비쭉거리고 비웃던 한스가 갑자기 휘파람을 멈추고 낚싯대를 끌어올렸다. 물고기는커녕 미끼로 달아놓았던 메뚜기마저 없어졌다. 한스는 웃음을 터뜨리고는 양철통에 담긴 초록색 메뚜기를 몽땅 놔주었다. 메뚜기들은 비틀거리면서 풀 속으로 기어들어 갔다. 근처의 가죽 공장에서 나온 사람들이 점심을 먹으러 집으로 돌아가고 있었다.

집으로 돌아온 한스는 점심을 먹는 내내 아무런 말도 없었다. 아버지가 물었다.

"많이 잡았니?"

"다섯 마리 정도 잡았어요."

"그래? 어미 물고기는 잡지 마라. 그러지 않으면 물고기 씨가 말라버릴 거다."

대화는 더 이상 이어지지 않았다. 무척 더운 날이었다. 한스는 밥을 먹고 바로 물속에 들어갈 수 없다는 게 불만스러웠다. 도대체 왜 그게 몸에 해롭다는 거지? 이해할 수 없었다! 한스는 그 말을 어기고 밥을 먹은 뒤 바로 강가에 간 적도 몇 번 있었다. 하지만 이제는 그런 짓을 할 만한 나이가 아니었다. 그런 유치한 짓을 하기엔 이미 너무 나이를 먹은 것이다. 시험 감독을 했던 선생들이 자신을 '자네'라고 불렀을 때 한스는 깜짝 놀랐다.

마당에 있는 전나무 그늘 밑에 누워 있는 것도 꽤 괜찮은 일이었다. 한스는 넓은 그늘에서 책을 읽거나 나비를 바라보면서 두 시까지 뒹굴다가 하마터면 잠들어 버릴 뻔했다. 이젠 물에 들어가도 되겠지! 강가 풀밭에는 어린아이들만 서넛 있었다. 더 큰 아이들은 모두 학교에 있을 시간이었다. 어린아이들만 있는 게 마음에 들었다. 한스는 천천히 옷을 벗고 물속으로 들어갔다. 한스는 따뜻함과 시원함을 골고루 즐길 줄 알았다. 수영하다가 몸을 뒤집은 채 물 위에 가만히 떠 있기도 하고 아예 풀밭에 나와 드러눕기도 했다. 햇볕에 물기가 마르자 몸이 따가웠다. 어린아이들이 존경스러운 눈빛을 보내며 다가왔다. 한스는 유명한 인물이 된 것이다. 실제로 한스의 모습도 다른 아이들과는 확실히 다르게 보였다. 햇볕에 그을린 목덜미 위로 보이는 얼굴은 화사하고 우아했으며 지적인 눈빛은 유난히 반짝이고 있었다. 몸은 무척 말라서 팔다리가 가늘고 약해 보였으며 가슴과 등에는 갈비뼈가 그대로 드러나 있었다. 허벅지는 살이 거의 없어서 허벅지처럼 보이지 않을 정도였다. 오후 내내 한스는 햇볕과 물 사이를 오가며 지냈다. 네 시가 지나자 한스와 같은 학교 학생들이 떠들썩하게 몰려왔다.

"야, 기벤라트! 재미 좋구나."

한스는 기분이 좋은 듯 몸을 쭉 폈다.

"응, 좋아."

"신학교에는 언제 가니?"

"9월에 갈 거야. 지금은 방학이야."

모든 아이가 한스를 부러워했다. 뒤쪽에서 누군가가 큰 소리로 야유를 보내고 이런 노래로 놀려댔지만 한스는 신경 쓰지 않았다.

슐체 집안의 리자베트처럼 될 수 있다면
그렇게 지내고 싶다네!
그녀는 대낮에도 침대에 누워 있는데

나는 그렇게 하지 못한다네!

한스는 웃기만 했다. 그러는 동안 친구들은 옷을 벗었다. 한 아이가 물속으로 뛰어들자 다른 아이들도 천천히 몸을 적셨다. 물에 뛰어들지 않고 풀밭에 눕는 아이도 있었다. 잠수를 잘 하는 아이는 친구들의 감탄을 자아냈다. 겁 많은 아이는 친구들에게 끌려 물속으로 들어가자 죽는다고 고함을 지르기도 했다. 소년들은 달리기도 하고, 헤엄도 치고, 강가에서 몸을 말리는 친구들에게 물을 끼얹기도 하면서 놀았다. 강가는 첨벙거리는 물소리와 아이들이 떠드는 소리 그리고 햇빛을 받아 하얗게 반짝이는 아이들의 작은 몸으로 가득 찼다.

한스는 한 시간쯤 더 놀다가 물에서 나왔다. 해 질 무렵이 되면 물고기가 다시 물리기 시작했기 때문이다. 한스는 저녁때까지 다리 위에서 계속 낚시질을 했지만 조금도 지루하지 않았다. 물고기들이 몰려들었다. 그런데 미끼만 먹고 도망갈 뿐 한 마리도 걸리지 않았다. 낚싯대 끝에 달아놓은 버찌가 지나치게 크거나 물렁했던 것이다. 한스는 다음에 다시 한번 해봐야겠다고 생각했다.

한스는 저녁에 집으로 돌아와서 친척들이 자신을 축하해주러 왔다 갔다는 이야기를 들었다. 주간신문 공지란에 실린 자신의 기사도 봤다.

"이번 초급 신학교 입학시험에 우리 마을에서는 단 한 명의 학생 한스 기벤라트가 응시해 2등으로 합격했다."

한스는 신문을 접어 호주머니에 넣고 아무 말도 하지 않았다. 하지만 한스의 가슴속은 기쁨과 자랑스러움으로 터질 듯했다. 다시 낚시질을 하러 나갔다. 이번에는 미끼로 치즈를 쓸 작정이었다. 치즈는 물고기가 좋아하는 먹이인 데다 어둠 속에서도 잘 보였다. 낚싯대는 가져가지 않고 필요한 몇 가지만 간단하게 챙겼다. 한스는 이런 간단한 도구만 사용하는 낚시를 더 좋아했다. 낚싯대나 찌 없이 실만으로 하는 낚시라 힘은 더 들지만 훨씬 재미있었다. 물고기가 미끼를 건드리기만 해도 바로 알 수 있었기 때문이다. 그러려면 움직이는 실만 보고 물고기의 움직임을 파악할 수 있어야 했다. 물론 이런 낚시를 하려면 오랜 기간 숙련이 필요하다. 손가락 감각도 예민해야 하고 마치 탐정처럼 집중해서 주위도 살펴야 한다.

구불구불 이어진 깊고 좁은 골짜기에는 일찍 황혼이 찾아왔다. 다리 아래로 흐르는 강물은 검고 조용했으며, 아래쪽 방앗간에는 벌써 불이 켜졌다. 다리와 길 위에는 사람들의 이야기 소리와 노랫소리가 가득했다. 무더운 바람이 불었다. 새까만 물고기가 물 위로 뛰어올랐다. 이런 밤이면 이상하게도 물고기들이 흥분해서 빠르게 헤엄치거나 물 위로 뛰어오르고 정신없이 낚싯줄을 건드렸다. 작은 잉어 네 마리를 잡았더니 치즈

가 떨어졌다. 한스는 다음 날 목사관에 갈 때 잉어를 가져가야 겠다고 생각했다.

따스한 바람이 불어왔다. 주변은 어두워졌지만 하늘은 아직 밝았다. 어두운 거리 위로 밝은 하늘을 배경으로 우뚝 솟은 교회 탑과 성의 지붕이 보였다. 저 멀리서 비가 내리는지 이따금 천둥소리가 희미하게 들려왔다.

열 시가 되자 한스는 잠자리에 누웠다. 적당히 피로해진 머리와 몸 덕분에 오랫동안 잊고 있던 나른한 졸음이 밀려왔다. 앞으로도 이렇게 아름답고 자유로운 여름날을 즐길 수 있으리라. 한가로이 물에서 놀거나 낚시를 하거나 이런저런 생각을 할 수 있는 날들이 기다리는 것이다. 한스는 단지 1등을 못 했다는 게 두고두고 안타까울 뿐이었다.

다음 날 아침 일찍 한스는 어제 잡은 물고기를 들고 목사를 찾아갔다. 목사가 서재에서 나오며 말했다.

"아, 한스 기벤라트! 잘 지냈니? 축하한다. 진심으로 축하해. 그런데 그건 뭐지?"

"물고기를 몇 마리 가져왔어요. 어제 제가 잡은 거예요."

"그렇구나, 어디 보자. 고맙다. 어서 들어와."

한스는 마음에 들어 하던 서재로 들어갔다. 그곳은 목사의 방 같지 않고 꽃이나 담배 냄새도 나지 않았다. 엄청나게 많은 책도 모두 금박을 입힌 책등이 반짝거리는 새 책이었다. 목사들 방에서 흔히 볼 수 있는, 낡고 좀이 슬어 구멍이 뚫리고 곰팡이가 핀 책들이 아니었다. 자세히 살펴보면 깔끔하게 정리된 책들 속에서 새로운 정신을 읽을 수 있었다. 그것은 사라져가는 시대의 존경할 만하지만 고전적인 사람들한테서 찾아볼 수 있는 정신과는 다른 것이었다. 목사가 자랑스럽게 여기는 황금빛 표지를 가진 책 가운데는 벵겔, 외팅거, 슈타인호퍼가 지은 책이나 뫼리케가 지은 『낡은 풍향계』에 나오는 아름답고 신앙심이 강한 책은 없었다. 어쩌면 최근에 나온 책들에 가려보이지 않는 것인지도 모른다. 잡지 더미와 탁자 그리고 종이가 어지럽게 놓여 있는 큰 책상 등이 모두 학자답고 엄숙한 분위기를 풍겼으며, 목사가 정말 열심히 공부하고 있다는 인상을 주었다. 사실 목사는 열심히 공부했다. 설교나 문답교시, 성경 강의를 위해서가 아니라 학술잡지에 실릴 논문이나 자신의 책을 위한 자료 정리를 위해서였다. 몽상적인 신비주의나 명상 따위에는 관심이 없었다. 과학적이지 않은, 즉 사랑과 동정심으로 메마른 사람들의 마음을 달래주는 소박한 신학은 다루지 않았다. 그 대신 성경을 날카롭게 비판하고 '역사 속의 그리스도'를 추구했다.

신학도 마찬가지였다. 예나 지금이나 예술적인 신학도 있고 학문적인 신학도 있으며 그렇게 되려고 노력하는 신학도 있다. 과학적인 사람이 새 술은 새 부대에 담느라 예술을 잊는다면, 예술적인 사람은 여러 오류를 고집하면서도 많은 사람에게 위안과 기쁨을 준다. 이는 오래전부터 있어온 비판과 창조, 과학과 예술 사이의 승부 없는 싸움이다. 이 싸움에서는 언제나 과학이 정당하지만 결국은 누구에게도 소용없는 일이다. 하지만 예술은 끊임없이 믿음과 사랑, 위안, 아름다움 그리고 불멸의 씨앗을 뿌려 좋은 지반을 만든다. 삶은 죽음보다 강하고 믿음은 의심보다 강하기 때문이다.

한스는 높다란 책상과 창문 사이에 놓인 작은 가죽 의자에 처음으로 앉았다. 목사는 마치 동년배 친구처럼 친절하게 신학교가 어떤 곳인지와 그곳에서 어떻게 생활하고 공부하는지를 말해주었다.

"신학교에 들어가서 부닥치는 새로운 일들 가운데 가장 중요한 건 신약성서로 배우는 그리스어다. 아마 넌 새로운 세계를 경험할 거야. 그리스어는 공부를 많이 해야 하지만 그만큼 기쁨도 크지. 처음에는 아주 어려울 거다. 우아한 그리스어가 아니라 새로운 정신으로 만들어낸 특수한 어법이거든."

한스는 긴장한 채 목사의 말을 들었다. 진정한 학문에 가까이 다가가는 것 같아서 뿌듯했다. 목사가 말을 이었다.

"틀에 박힌 교육을 받다 보면 새로운 세계에 매력을 느끼지 못하지만 말이야. 그다음으로 신경 써야 할 과목은 히브리어

다. 생각이 있다면 이렇게 쉬는 동안 초급 과정이라도 공부해
두면 좋을 것 같구나. 그러면 신학교에 가서 좀 더 여유롭게 보
낼 수 있을 거야. 누가복음을 두세 장 읽어두면 더 재미있게 공
부할 수 있을 게다. 사전은 내가 빌려줄 테니 매일 한두 시간씩
해보는 게 어떻겠니? 더 많이 공부할 필요는 없고. 어쨌거나 너
는 지금 충분히 쉬어야 하니까. 그저 이렇게 하면 어떨까 하고
말하는 것뿐이란다. 네 즐거운 휴가를 망치고 싶진 않거든."

당연히 한스는 그 제안을 받아들였다. 사실 누가복음을 공
부한다는 것은 자유로운 한스의 하늘에 나타난 작은 구름처럼
느껴졌다. 하지만 거절하는 게 마음에 걸렸다. 게다가 쉬는 동
안 새로운 언어를 배운다는 게 공부라기보다는 그저 재미있는
일처럼 생각되었다. 안 그래도 신학교에서 배워야 할 새로운
과목들이 걱정스러웠다. 특히 히브리어는 조금 부담스럽기까
지 했다.

기분이 좋아진 한스는 목사관을 나와 낙엽송 길을 따라 숲
속으로 들어갔다. 이런저런 불만거리들은 사라졌다. 목사의
제안은 생각할수록 즐거웠다. 신학교에 가서도 다른 학생들보
다 뛰어나려면 야심을 품고 공부에 힘을 쏟아야 했다. 한스는
가장 뛰어난 학생이 되겠다고 다짐했다. 그런데 왜 그래야 하
는 걸까? 이유는 알 수 없었다. 한스는 삼 년 동안 모든 사람의
주목을 받은 대상이었다. 선생들과 목사, 아버지뿐 아니라 교

장까지 한스를 칭찬하며 숨도 쉬지 못할 정도로 공부를 강요했다. 한스는 해마다 누구의 추격도 허락하지 않을 만한 성적으로 1등을 유지해왔고, 어느새 자신의 그런 상황을 자랑스러워했다. 시험 걱정 따위는 이미 과거의 일이 되었다.

이렇게 쉬는 것은 가장 즐거운 일이다. 아무도 없는 이른 아침의 숲은 유난히 더 좋았다! 끝없이 펼쳐진 벌판에 전나무들이 줄지어 서 있는 모습은 마치 청록색의 둥근 지붕을 덮은 회랑을 보는 듯했다. 키 작은 나무는 거의 없고 여기저기 나무딸기 덤불이 무성했다. 부드러운 이끼가 깔린 넓은 지대에는 월귤나무와 석남화가 자라고 있었다. 아침 이슬은 거의 말랐고, 곧게 솟은 나무들 사이로 아침나절의 숲에서만 느낄 수 있는 더위가 밀려왔다. 아침 햇볕의 따뜻한 열기와 습기, 이끼, 나무에서 나오는 진, 전나무 잎과 버섯 등에서 나는 냄새가 한데 섞여 은은하고 몽롱한 기분이 들게 했다. 한스는 이끼 위에 누워 검은색 산딸기를 따 먹었다. 딱따구리와 질투하듯 울어대는 소쩍새 소리가 사방에서 들려왔다. 검푸른 전나무 가지 사이로 티끌 한 점 없이 푸르른 하늘이 보였다. 수천 그루의 나무 기둥은 마치 거대한 갈색 벽 같았다. 나뭇가지 틈새로 밝은 햇살이 비쳤다.

처음에 한스는 뤼첼러 저택이나 크로쿠스 초원까지 산책할 생각이었다. 하지만 지금은 이끼 위에 누워 산딸기를 먹으면서 피곤하고 얼떨떨한 기분으로 주위를 바라보고 있었다. 왜 피곤해졌는지 알 수가 없었다. 예전에는 세 시간, 네 시간씩 걸어도 전혀 피곤하지 않았다. 한스는 기운을 내어 다시 걸어봤지만 어느새 자신도 모르게 이끼 위에 누워 있었다. 한스는 누운 채 눈을 가늘게 뜨고 나뭇가지와 초록의 들판을 무심히 바라봤다. 무겁고 피곤한 공기가 자신을 둘러싼 듯했다!

열두 시가 되어 집에 돌아온 한스는 다시 두통에 시달렸다. 눈도 아팠다. 숲 언덕길에는 태양이 눈부시게 빛나고 있었다. 개운하지 못한 기분으로 오후 시간을 집에서 빈둥거리다가 샤워를 했더니 기분이 조금 나아졌다. 하지만 이제 목사에게 공부하러 갈 시간이었다.

목사관으로 가던 한스는 구둣방의 플라이크 아저씨를 만났다. 구둣방 창가에 놓인 세 발 의자에 앉아 있던 아저씨가 한스를 불렀다.

"어디 가니? 요즘 통 볼 수가 없구나."

"목사관에 가는 중이에요."

"왜? 아직 시험이 안 끝났니?"

"시험이 아니라 신약성서 때문이에요. 신학교에 가면 지금까지 알았던 그리스어와는 전혀 다른 그리스어로 된 신약성서를 공부해야 한대요. 그래서 지금 배우러 가는 길이에요."

구둣방 아저씨는 모자를 젖히더니 넓은 이마에 주름을 지으면서 수심에 잠긴 듯 한숨을 내쉬었다. 아저씨가 나지막이 말했다.

"한스, 네게 해주고 싶은 말이 있다. 지금까지는 시험이라고 해서 아무 말도 안 했지만 이젠 해야겠구나. 그 목사는 믿음이 없는 자라는 걸 너도 알아야 한다. 목사는 네게 성서가 아닌 거짓을 가르치려는 거야. 그 목사와 함께 성서를 공부한다면 아마 너도 모르는 사이에 믿음을 잃어버리고 말 거다."

"저는 그리스어를 배우려고 하는 것뿐이에요. 신학교에 가려면 꼭 배워야 해요."

"너까지 그런 말을 하다니. 성서를 배울 때 믿음이 깊고 양심적인 선생한테서 배우는 것과 하느님을 믿지 않는 선생한테서 배우는 건 큰 차이가 있단다."

"그거야 그렇지만 목사님이 정말로 하느님을 안 믿는지는 모르잖아요."

"목사는 하느님을 믿지 않아. 난 그 사실을 알고 있단다."

"그럼 어떻게 해요? 이미 간다고 말씀드렸는데요."

"약속했으면 물론 가야지. 그렇지만 혹시라도 목사가 성서는 인간이 만든 것일 뿐 사실이 아니고 성령의 말씀도 아니라고 한다면 나한테 오너라. 그때 다시 이야기해보자! 알았지?"

"알았어요, 아저씨. 하지만 그런 끔찍한 일은 없을 거예요."

"이제 곧 알게 될 거야. 내 말을 명심해라."

목사는 집에 없었다. 서재에서 목사를 기다리던 한스는 금박을 입힌 책 제목을 보다가 구둣방 아저씨의 말을 떠올렸다. 한스도 마을의 목사나 요즘 시대의 목사들에 대해 그런 이야기를 하는 것을 들은 적이 있었다. 이번에는 자신에게 직접 일어난 일이라 긴장되고 호기심도 일었다. 하지만 구둣방 아저씨의 말처럼 그렇게 중요하거나 무서운 일처럼 생각되진 않았다. 오히려 옛날부터 내려오던 커다란 비밀을 파헤쳐볼 수 있을 것 같은 생각이 들었다. 학교에 들어가 처음 몇 년 동안은 신과 영혼, 악마와 지옥의 존재에 대해 환상적인 생각을 하기도 했다. 하지만 최근 이삼 년 동안은 공부에만 집중하느라 그런 생각은 완전히 잊고 있었다. 구둣방 아저씨와 목사를 비교해보니 웃음이 나왔다. 나이 어린 한스는 구둣방 아저씨가 오랫동안 일하면서 얻은 확고한 신념을 이해할 수 없었다. 아저씨는 머리가 좋긴 했지만 단순하고 편파적이며 믿음에 지나치게 얽매여 있어 사람들에게 조롱을 당하곤 했다. 기도하는 모임에서는 엄격하게 판단을 내리고 성서의 권위 있는 해석자 역할도 잘하고 있었다. 시골 여기저기를 돌아다니며 예배도 봤다. 하지만 그 밖에는 별 볼 일 없는 구둣방 주인에 불과하고, 다른 사람들과 마찬가지로 그 이상을 넘지 못했다. 그와 대조적으로 목사는 개인으로서나 설교자로서나 노련하게 말도 잘하고 열성적이며 학식도 높았다. 한스는 경건한 마음으로 책들을 올려다봤다.

잠시 뒤 목사가 들어왔다. 목사는 코트를 벗고 편안한 검은 옷으로 갈아입고 나서 한스에게 그리스어로 된 누가복음을 건네며 읽어보라고 했다. 라틴어 공부와는 완전히 달랐다. 목사와 한스는 문장 몇 줄을 읽었다. 목사는 단어 하나하나를 세밀하게 번역해나갔다. 그리고 그리 어렵지 않은 예문을 들어가면서 이해하기 쉬운 말로 능숙하게 이 언어의 독특한 정신을 설명하고, 누가복음이 만들어진 시대와 내력을 이야기했다. 단 한 시간 만에 한스는 공부에 대해 완전히 새로운 개념을 갖게 되었다. 구절 하나하나, 단어 하나하나마다 어떤 의문점과 문제가 숨어 있는지 그리고 이런 의문을 밝혀내려고 얼마나 오랜 세월 수많은 사상가와 연구가, 학자가 노력해왔는지 조금이나마 짐작할 수 있었다. 그 한 시간 동안 마치 자신도 진리의 탐구자에 속한 듯한 기분이 들었다.

한스는 문법책과 사전을 빌려 집에 돌아와서도 밤새워 공부했다. 참다운 공부를 하려면 수없이 많은 공부와 지식의 산을 넘어야 한다는 것을 느꼈다. 한스는 절대 중단하는 일 없이 끝까지 온 힘을 다해 공부하겠다고 굳게 다짐했다. 이런 마음을 먹으면서 그는 잠시 구둣방 아저씨를 잊어버렸다.

며칠 동안 한스는 새롭게 시작한 공부에 몰두했다. 그리고 매일 밤 목사를 찾아갔다. 한스는 진정한 학문이란 아름답고 어렵지만 그만큼 더 가치가 있는 일이라고 생각했다. 아침 일찍 낚시를 하고 오후에 수영하러 가는 것 말고는 거의 바깥에도 나가지 않았다. 주 시험에 대한 불안감과 합격 때문에 잠시 숨어 있던 명예욕이 눈뜨기 시작하면서 쉴 수가 없었다. 그와 함께 지난 몇 개월간 자주 느끼곤 했던 특별한 감정이 다시 살아나기 시작했다. 맥박이 빨라지고 흥분되면서 조급해지는 것이었다. 고통은 아니었다. 그것은 빨리 앞으로 나아가 성공하고 싶다는 욕망이었다. 두통은 사라지고 이 미묘하게 뜨거운 상태가 계속되었다. 그동안 엄청난 독서와 공부를 했다. 예전에는 십오 분씩 붙잡고 있던 크세노폰의 가장 어려운 문장도 이제는 쉽게 읽을 수 있었다. 사전을 한 번도 보지 않고 몇 쪽씩 읽을 수 있는 뛰어난 이해력까지 생겼다. 이렇듯 무르익은 학구열과 지식욕으로 가득한 자신이 자랑스러웠다. 이제 학교와 선생 밑에서 공부하던 시대는 지나고 지식과 능력의 정상을 향해 자신만의 독특한 길을 걷고 있는 듯한 기분이 들었다.

그런 기분에 빠지는 동시에 깜빡깜빡 졸음이 찾아왔다. 그러고는 이상할 정도로 선명한 꿈을 꾸다가 깨어났다. 밤에 자다가 가벼운 두통을 느끼면서 깨어나기도 했다. 그러면 더는 잠들지 못하고 어서 앞으로 나아가야 한다는 생각에 마음이 초조해졌다. 또 자신이 다른 친구들보다 얼마나 앞서 있는지, 선생들이나 교장이 얼마나 존경과 감탄의 눈길로 바라보는지 생각하며 우월감에 빠져들기도 했다.

　교장은 한스에게 불러일으킨 아름다운 공명심을 이끌어가고, 그 공명심이 성장해가는 것을 지켜보면서 커다란 즐거움을 느꼈다. 교사란 틀에 박힌 사람이 아니다. 교사를 가리켜 무정하고 화석 같으며 영혼을 잃어버린 사람이라고 하는 것은 옳지 않다. 긴 세월 동안 쉽게 눈뜨지 않았던 재능을 싹틔우기 시작한 소년이 나무칼이나 딱지, 활 같은 어린아이다운 장난감을 버리고 앞으로 나아가려는 마음으로 열심히 공부한다. 그 소년은 거친 난폭자에서 진지하고 사려 깊으며 금욕적인 사람이 된다. 그렇게 되면 소년의 얼굴은 성숙해지고 시선이 더욱 깊어진다. 목적의식이 뚜렷해지고 손놀림도 침착하고 조용해지는 것이다. 이런 변화된 모습을 지켜보면서 교사의 마음도 즐거움과 자랑스러움으로 채워진다. 교사의 의무와 국가가 교사에게 맡긴 소임은 어린 소년의 내면에 있는 거친 힘과 본능적인 욕망을 막고, 그 대신 국가가 인정하는 조용하고 적당한 이상을 심어주는 것이다. 지금은 행복한 시민 또는 열심히 일하는 관리가 된 사람도 이런 학교 교육을 받지 않았더라면 아마도 끝없이 전진하려는 혁명가나 쓸데없는 생각만 일삼는 몽상가가 되었을지 모른다. 어린 소년의 내면에는 거칠고 난잡하며 야만적인 면이 있다. 먼저 이것을 깨뜨려야 한다. 또 내면에 있는 위험한 불꽃도 꺼서 없애버려야 한다. 자연 그대로의 인간은 한없이 불투명해 그 끝을 알 수 없고 불안하며 위험한 상태에 있다. 어디에서 시작되었는지 알 수 없는 골짜기를 흘러내리는 물이나 길도 없이 빽빽한 원시림과 같다. 그 원시림을 베어내고 정리해서 길을 내는 것처럼 학교도 자연 그대로의 인간을 이리저리 흔들고 훈련하며 단련시켜 사회에 필요한 존재로 길러내야 한다.

어린아이였던 기벤라트는 얼마나 훌륭하게 성장했는가! 그 아이는 거리를 돌아다니거나 장난치는 일을 스스로 그만두었다. 수업 중에 떠들거나 딴청을 부리는 일은 오래전부터 볼 수 없었다. 또 흙을 갖고 놀거나 토끼를 키우거나 자신이 가장 좋아하던 낚시도 언젠가부터 하지 않았다.

어느 날 밤, 교장이 한스를 찾아왔다. 한스의 아버지는 교장의 방문에 몹시 감격해 어쩔 줄 몰라 했다. 교장은 한스의 방으로 들어갔다. 마침 아이는 누가복음을 공부하고 있었다. 교장은 한스를 칭찬했다.

"이런! 벌써 공부를 시작하다니 정말 대단하구나. 왜 나를 한 번도 찾아오지 않았니? 매일 기다렸는데."

한스가 말했다.

"가려고 했어요. 하지만 물고기를 잡지 못했어요."

"물고기? 무슨 말이니?"

"잉어나 다른 물고기를 잡으면 갖다드리려고 했거든요."

"아, 그렇구나. 낚시를 좋아하니?"

"예, 아버지가 허락해주셨어요. 방학 동안은 해도 된다고 하셨어요."

"그래, 재미있니?"

"예, 정말 재미있어요."

"그래, 그래. 온 힘을 다해서 열심히 공부했으니 이제 좀 쉬는 것도 필요하지. 그럼 지금은 공부할 생각이 전혀 없겠구나?"

"아니에요, 교장선생님. 공부해야지요."

"네가 하기 싫으면 억지로 시킬 생각은 없단다."

"하고 싶어요."

교장은 깊이 숨을 내쉬었다. 그러고는 수염을 쓰다듬으면서 의자에 앉았다.

"한스! 시험 성적이 좋아도 자칫 방심하면 갑자기 성적이 떨어질 수도 있다고 하더라. 신학교에 가면 새로운 과목을 많이 배울 거야. 방학 때 미리 예습해오는 학생들도 분명히 있을 테지. 특히 입학 성적이 좋지 못했던 아이들은 더욱 열심히 배워 올 거다. 입학 성적이 우수하다고 자만하며 놀다가는 그런 아이들한테 밀릴 수도 있지."

교장은 한숨을 쉬더니 계속 말했다.

"넌 이곳에서는 쉽게 1등을 할 수 있었지만 신학교는 다를 거야. 신학교에 오는 학생들은 아주 뛰어나고 열심히 공부하는 애들뿐이지. 놀면서 그런 아이들과 경쟁할 순 없지 않겠니?"

"예!"

"그래서 네가 방학 때 신학교에서 배울 내용을 미리 좀 공부 해뒀으면 한다. 물론 공부만 하라는 건 아니야. 지금까지 열심 히 공부했으니 놀기도 해야지. 하지만 하루에 한두 시간 정도 는 예습했으면 한다. 그게 네 공부에도 도움이 될 거야. 마냥 놀기만 하면 나중에 공부에 집중하려고 할 때 시간이 너무 걸 릴지도 모른단다. 어떻게 생각하니?"

"알겠어요. 교장선생님께서 지도해주신다면 열심히 공부할 게요……."

"그래, 좋아. 신학교에 가면 히브리어도 중요하지만 호메로 스를 새롭게 배울 거야. 지금 기초를 확실히 잡아놓으면 수업 을 따라가기도 훨씬 재미있고 쉬워질 테지. 호메로스의 언어 는 고대 이오니아의 방언으로 운율법이 독특하지. 뭔가 고유 한 맛이 있어. 하지만 철저하게 공부하지 않으면 그런 걸 알 수 가 없단다."

당연히 한스는 이 새로운 과목도 온 힘을 다해서 열심히 공 부할 생각이었다. 하지만 그다음이 문제였다. 교장은 다시 친 절하게 말했다.

"그리고 수학도 두세 시간 공부하는 게 좋을 것 같구나. 물 론 네가 수학을 못하는 건 아니지만 아주 뛰어난 것도 아니었잖니. 신학교에 가면 대수와 기하학을 배울 텐데 미리 공부해 야지."

"예."

"예전처럼 언제든지 나를 찾아오너라. 네가 잘 자라는 걸 보 는 게 내 기쁨이기도 하니까. 아버지께 수학 선생님한테 개인 과외를 받도록 해달라고 말해보렴. 일주일에 서너 시간이면 충분할 거야."

"알겠어요, 교장선생님."

다시 공부가 시작되었다. 이제 한스는 한 시간이라도 낚시 나 산책을 하는 것조차 마음에 걸리기 시작했다. 한스를 가르 치는 데 열의를 보이는 수학 선생은 오후에 수영하던 시간을 수학 과외 시간으로 만들었다.

그런데 대수 단원은 정말 재미가 없었다. 무더운 여름날 수 영하며 놀다가 덥고 공기도 탁한 수학 선생 방에 앉아 모기가 앵앵거리는 소리를 들으며 수학 공식을 외운다는 것은 괴로운 일이었다. 가끔 뭔지 모를 압박감이 찾아왔다. 몸 상태가 좋지 않은 날에는 절망감까지 느꼈다. 한스에게 수학은 낯선 과목 이었다. 그렇다고 결코 수학을 못하는 것은 아니었다. 아주 훌 륭하게 문제를 풀 때도 있었다. 그럴 때는 한스 자신도 뿌듯하 고 기뻤다. 변칙이나 속임수가 통하지 않고 확실하게 답을 제 시하는 수학이 마음에 들었다. 그런 이유로 라틴어도 좋아했다. 라틴어는 매우 분명한 언어로 의문이 남지 않았다. 하지만 수학에서는 답이 맞았다 해도 그뿐이었다. 더는 나아갈 데가 없었다. 수학은 잘 닦인 도로를 달리는 것과 같았다. 끊임없이 앞으로 달리면 어제 못 본 것을 오늘 볼 수는 있지만 그렇다고 갑자기 산에 올라가는 일은 일어나지 않았다.

교장과 하는 공부는 무척 재미있었다. 처음에는 교장한테서 호메로스를 배우는 것보다 목사한테서 신약성서에 나오는 그리스어를 배우는 게 더 재미있다고 생각했지만 호메로스는 역시 호메로스였다. 처음 시작할 때의 어렵고 지루함을 견뎌내자 바로 그 뒤에 숨어 있던 공부의 즐거움을 알 수 있었다. 한스는 곧 이 학문에 매료되었다. 어렵지만 신비하고 아름다운 울림을 지닌 시구를 대할 때면 가슴이 떨릴 정도로 흥분했다. 그리고 바로 사전을 찾아가면서 여기에 숨겨진 조용하고 맑은 화원을 열어봤다.

다시 할 일이 생겼다. 풀리지 않는 문제를 붙들고 밤늦게까지 책상 앞에 앉아 있는 일도 이제는 자연스러웠다. 아버지는 아들이 이처럼 열심히 공부하는 모습을 자랑스럽게 지켜봤다. 그의 둔하고 무거운 머릿속에는 사실은 존경심을 품고 바라보는 높은 곳까지 뻗어가고 싶어 하는 어리석고 평범하며 속 좁은 인간들의 생각이 담겨 있었다.

방학의 마지막 주일이 되자 교장과 목사는 갑자기 눈에 띄게 다정해졌다. 과외 공부를 중단하고 한스에게 산책을 권하면서 건강한 몸으로 씩씩하게 새로운 세상으로 나아가는 일이 얼마나 중요한지 설교했다.

한스는 몇 번 더 낚시를 하러 갔지만 예전보다 더 자주 머리가 아팠다. 짙푸른 강물을 비추는 햇살에서 초가을 기운을 느꼈다. 왜 그토록 간절히 여름방학을 기다렸는지 이상하다는 생각이 들었다. 오히려 이제는 여름방학이 끝나고 낯선 생활과 공부가 기다리는 신학교에 들어간다는 게 더 기뻤다.

낚시를 하러 가도 물고기를 잡는 데 거의 관심이 없었다. 그러다 아버지가 놀리는 말을 들은 뒤로는 낚시질도 아예 그만뒀다. 한스는 낚시 도구를 상자에 담아 다락방에 넣어두었다.

이제 방학도 며칠 남지 않았다. 한스는 갑자기 오랫동안 플라이크 아저씨를 보지 못했다는 생각이 들었다. 지금이라도 찾아가야 할 것 같았다.

밤이었다. 구둣방 주인은 아들을 무릎에 앉히고 창가에 앉아 있었다. 창문이 열려 있고 집 안에서는 가죽과 구두약 냄새가 났다. 한스는 플라이크 아저씨의 딱딱하고 넓적한 오른손 위에 가만히 자기 손을 얹었다. 아저씨가 물었다.

"공부는 잘되고 있니? 목사하고 열심히 하고 있는 거지?"

"예, 매일 공부하러 가요."

"무엇을 배우는 거냐?"

"주로 그리스어를 배우고 다른 여러 가지도 배워요."

"그래서 우리 집에 올 생각이 없었구나."

"오고 싶었어요, 아저씨! 단지 시간이 없었을 뿐이에요. 목사님하고 매일 한 시간, 교장선생님하고는 두 시간씩 공부하고, 수학 선생님한테도 일주일에 네 번씩 가다 보니 정말 시간이 없었어요."

"지금은 방학이 아니냐? 그건 바보 같은 일이야."

"모르겠어요. 하지만 선생님들이 그렇게 하라고 하셨어요. 그리고 공부하는 게 그리 어려운 일은 아니잖아요."

플라이크 아저씨가 한스의 팔을 잡았다.

"물론 그렇겠지. 그런데 공부도 좋지만 사내자식 팔이 이게 뭐냐? 얼굴도 그렇고. 머리가 또 아픈 거 아니냐?"

"가끔 아플 때도 있어요."

"한스, 그건 바보 같은 짓이고 죄악이야. 네 나이 때는 밖에 나가서 충분히 놀아야지. 방학이 왜 있는 거냐? 집 안에 틀어박혀 공부만 하라고 있는 건 아니잖니? 정말 넌 뼈와 가죽만 남았구나."

그 말을 들은 한스가 웃자 아저씨는 다시 말을 이었다.

"너야 물론 그 모든 걸 다 견뎌내겠지. 하지만 지나치면 안 한 것만 못하다는 말이 있단다. 목사하고 공부하는 건 어땠니? 이상한 말은 하지 않았니?"

"이야기를 많이 해주셨는데 나쁜 말은 아닌 것 같았어요. 어 쨌든 목사님은 아는 게 정말 많으세요."

"성경을 모독하는 말은 안 하더냐?"

"아니요, 그런 적 없었어요."

"다행이구나. 하지만 이것만은 명심해야 한다. 영혼에 피해 를 입느니 차라리 몸에 상처를 입는 편이 낫다. 너는 나중에 목 사가 되려고 하는데 그건 귀중하고 무거운 직책이란다. 그런 일을 하려면 너같이 똑똑하고 올바른 젊은이가 필요해. 넌 반 드시 영혼을 구하고 가르치는 훌륭한 사람이 될 거다. 나는 진 심으로 그렇게 되기를 바란다."

구둣방 주인은 소년의 어깨에 양손을 얹었다.

"열심히 해라, 한스! 바른 길을 가거라. 주님의 축복이 함께 하시길! 아멘."

한스는 아저씨의 표준어로 된 엄숙한 기도 문구를 듣자 마 음이 저렸다. 목사의 작별 인사와는 달랐다.

한스는 신학교에 갈 준비를 하고 인사를 다니느라 며칠 동 안 아주 바쁘게 보냈다. 이불이며 옷이며 책 상자는 이미 보냈 고 들고 갈 가방도 챙겼다. 어느 서늘한 날 아침, 아버지와 아 들은 마울브론으로 출발했다. 어쨌든 부모 곁을 떠나 낯선 학 교에 간다는 것은 그리 즐거운 일은 아니었다.

3장

　서북쪽 숲의 언덕과 조용하고 작은 호수들 사이에 시토 교
단의 마울브론 대수도원이 있었다. 넓고 아름다운 수도원은
오래되었지만 보존이 잘되어 한번쯤 살아보고 싶다는 생각이
들 정도였다. 건물은 수백 년간 주변과 조화를 이루며 서 있었
다. 수도원의 높은 담에 붙어 있는 그림처럼 아름다운 문을 지
나면 조용하고 넓은 마당이 나왔다. 마당에는 분수가 있고 오
래된 나무들이 엄숙하게 서 있으며 양쪽으로 돌로 된 건물이
있었다. 그 건물이 본당이었다. 본당 정면에 있는 로마네스크
양식의 현관은 매우 우아하고 아름다웠으며, 파라다이스라고
불렸다. 커다랗고 묵직한 느낌의 본당 지붕 위에 바늘처럼 뾰
족하게 솟아 있는 탑은 조금 우스꽝스럽게 보였다. 그런 곳에

어떻게 종이 달려 있는지 이상할 정도였다. 보존이 잘된 본당의 회랑은 그 자체가 하나의 아름다운 건축물이었고, 분수가 있는 성스러운 예배당은 더할 나위 없이 훌륭했다. 힘차고 우아한 십자형의 둥근 천장을 가진 식당도 무척 아름다웠다. 본당에는 기도실과 대화실, 일반인이 이용하는 식당, 수도원장의 방 그리고 교회 두 군데가 있었다. 그림 같은 담과 베란다, 문, 작은 마당, 물레방아, 주택 등이 중후하고 오래된 건물들을 보기 좋게 둘러싸고 있었다. 아무도 없이 텅 비고 조용한 넓은 마당은 마치 나무 그늘 아래에서 조는 것처럼 보이다가 점심시간이 되면 잠깐 활기를 찾았다. 그때가 되면 수도원에서 나온 학생들의 발소리와 서로 부르거나 말하는 소리, 웃는 소리, 공 차는 소리 등으로 시끌벅적했다. 그러나 점심시간이 지나 학생들이 담장 안으로 사라지고 나면 마당에는 다시 그림자 하나 보이지 않았다. 많은 사람이 이 마당에 서서 이렇게 생각할 것이다.

'이곳이야말로 삶과 기쁨을 맛보기에 충분한 장소다. 생명이 있는 것과 행복을 가져다주는 것이 자라는 데가 틀림없다. 여기서 성숙하고 착한 사람들이 사색을 하고 아름답고 즐거운 작품을 만들어갈 것이다.'

오래전에 정부는 신학교 학생들에게 언덕과 숲 뒤에 숨은, 속세를 떠나 있는 이 아름다운 수도원을 열어주었다. 감수성이 예민하고 어린 학생들에게 아름답고 조용한 환경을 마련해 준 것이다. 이곳에 있으면 어린 학생들은 마음을 산만하게 하는 도시와 가정생활의 영향에서 벗어나 보호받을 수 있다. 그래서 아무런 갈등 없이 몇 년간 히브리어와 그리스어, 그 밖의 다른 과목에 몰두할 수 있다. 젊은 영혼의 갈망을 정신적인 연구에만 집중하도록 한 것이다. 기숙사 생활도 자기교육을 촉진하고 단체정신을 기르는 데 아주 중요한 구실을 한다. 신학교 학생들은 나라에서 받는 장학금으로 생활하고 공부한다. 그리고 나라에서는 이 학생들이 특별한 정신의 소유자가 되도록 보살핀다. 이들은 졸업한 뒤에도 이런 정신을 간직하고 있어 누가 보더라도 슈바벤 신학교 출신임을 쉽게 알 수 있다. 이는 일종의 교묘하고 확실한 낙인이며 자발적인 예속을 의미하는 상징이었다. 때때로 성격이 강해 이런 생활을 참지 못하고 도망친 몇몇을 빼곤 말이다.

어머니와 함께 온 학생들은 살면서 수도원의 신학교에 처음 들어간 날을 기억할 때마다 미소를 지을 것이다. 어머니가 없는 한스 기벤라트는 다른 학생들을 챙겨주는 어머니들을 보면서 묘한 감정이 들었다. 학생들이 한데 모여 자는 대침실 벽에는 벽장이 붙어 있고, 바닥에는 상자와 바구니가 여기저기 흩어져 있었다. 부모와 함께 온 소년들은 짐을 정리하느라 바빴다. 학생들마다 각자 번호가 달린 벽장과 책상이 배정되었다.

마룻바닥에 무릎을 꿇고 앉아 짐을 푸는 사람들 사이로 수도원 직원이 돌아다니면서 도움을 주었다. 소년들은 가방에서 꺼낸 옷을 걸고, 속옷을 집어넣고, 책과 신발을 정리했다. 속옷 개수와 개인용품 등을 미리 정해주었기에 짐은 모두 비슷했다. 이름을 새긴 놋쇠 대야, 해면, 비눗갑, 빗, 칫솔 등 세면도구와 개인용 램프, 석유통, 식기 등도 준비물 목록에 있었다.

소년들은 모두 흥분한 상태로 바쁘게 움직였다. 아버지들은 미소를 지으며 아들을 도와주다가도 곧 지루해져 회중시계를 꺼내 시간을 보곤 했다. 이와 달리 어머니들은 짐 정리를 직접 했다. 겉옷과 속옷을 하나하나 주름을 잡아가며 정리하고, 허리띠도 쓰기 편하게 나눠 벽장에 걸어주면서 애정을 담은 당부의 말도 잊지 않았다.

"새 속옷은 특히 깨끗하게 입어야 한다. 3마르크 50페니히짜리니까."

"속옷은 다달이 기차 편으로 보내고 급하면 우편으로 부쳐. 검정 모자는 일요일에만 쓰고."

뚱뚱한 어머니는 자상한 얼굴로 높은 상자 위에 앉아 아들에게 단추 다는 법을 가르쳐주었다.

"집에 오고 싶으면 언제든지 편지하렴. 얼마 지나면 곧 크리스마스니까."

아직 젊고 예쁘장한 어머니는 가득 채워진 옷장을 보며 옷들을 어루만지다가 통통한 아들의 얼굴을 쓰다듬기 시작했다. 어깨가 넓은 아들은 부끄러운 듯 웃으면서 어머니 손을 피했다. 그러고는 어른처럼 보이려는 듯 양손을 호주머니에 넣었다. 헤어짐은 아들보다는 어머니에게 더 슬픈 일이었다.

그와 반대로 보이는 아이들도 있었다. 이들은 다시 어머니를 따라 집에 가고 싶은 표정으로 바쁘게 짐을 정리하는 어머니의 모습을 물끄러미 바라봤다. 부모와 떨어져 지내야 한다는 두려움, 가족에 대한 애틋함과 그리움, 낯선 환경에서 느끼는 생소함과 남자답게 참아야 한다는 생각이 아이들의 마음속에서 치열하게 다투고 있었다. 소리 내어 울고 싶은 마음을 애써 참으며 아무렇지 않은 척하는 아이들을 보면서 어머니들은 미소 지었다.

거의 모든 아이가 학교에서 정해준 개인 필수 준비물 말고도 사과나 소시지, 과자 바구니 등을 가져왔고 스케이트를 가져온 아이도 많았다. 특히 눈에 띄는 건 한 아이가 가져온 커다란 햄 덩어리였다. 약삭빠르게 생긴 그 아이는 자신이 가져온 햄을 굳이 숨기려고도 하지 않았다.

지금까지 집에서 학교에 다닌 아이와 기숙학교에서 다닌 아이도 쉽게 구별이 갔다. 하지만 모두 흥분하고 긴장된 모습이었다.

한스의 아버지는 아들과 짐 정리를 빨리 끝내고 나서 다른 사람들을 우두커니 바라봤다. 주위의 부모들이 모두 아들에게 이런저런 주의사항을 말해주는 것을 보고 자신도 한스의 장래를 위해 좋은 말을 해주어야겠다는 생각이 들었다. 고개를 숙인 채 아들 옆을 왔다 갔다 하던 그는 갑자기 성스러운 문구의 명언을 쏟아내기 시작했다. 깜짝 놀란 한스는 아버지 말씀에 조용히 귀를 기울였다. 그러다가 옆에 있는 목사가 그 말을 듣고 미소를 짓자 부끄러운 생각이 들어 아버지를 자기 쪽으로 끌어당겼다.

"아버지가 무슨 말을 하는지 잘 알겠지? 우리 가문의 명예를 높여야 한다. 선생님 말씀도 잘 듣고."

"예, 잘 알고 있어요."

아버지는 말을 끝내고 크게 한숨을 내쉬었다. 한스는 더 이상 아무 말도 하지 않았다. 조금 불안한 마음이 들었지만 창 너머에 있는 조용한 회랑을 호기심 어린 시선으로 바라봤다. 마치 고대의 은자와 같은 기품 있고 침착한 한스의 모습은 시끄럽게 떠드는 위층의 동급생들과 묘한 대조를 이뤘다. 분주하게 움직이는 학생들 가운데 알 만한 얼굴은 하나도 없었다. 슈투트가르트 시험장에서 만난 괴핑겐 출신 아이는 라틴어를 잘한다고 했지만 시험에 떨어졌는지 보이지 않았다. 한스는 그 아이의 생각을 접고 앞으로 함께 지낼 아이들을 관찰하기 시작했다. 아이들이 챙겨온 필수품들은 그 종류나 숫자에서 거의 비슷했다. 그래도 누가 도시 출신이고 농촌 출신인지, 부잣집 아들이고 가난한 집 아들인지는 금방 알 수 있었다. 부잣집 아들이 신학교에 오는 경우는 아주 드물었다. 하지만 부모의 자부심이나 의견 때문에, 아니면 높은 성적 때문에 오는 아이들도 가끔 있었다. 또 자신이 경험한 수도원 생활에 대한 그리움 때문에 자식을 마울브론에 보내는 교수나 관리도 있었다. 이런 이유로 사십 명의 신입생이 똑같이 입은 검은 웃옷도 천이나 모양이 조금씩 다르고 각자의 버릇이나 말투, 태도도 달랐다. 슈바르츠발트 출신으로 팔다리가 뻣뻣해 보이는 학생이 있는가 하면 연한 금발에 입술이 두툼한 고지대 출신 학생이나 자유롭고 명랑한 성격의 저지대 출신 학생, 뾰족한 구두를 신고 말투가 순하며 세련된 슈투트가르트 출신 학생도 있었다. 한창때의 이 소년들은 대개 다섯 가운데 하나가 안경을 썼다. 슈투트가르트에서 온 한 마마보이는 마른 체구에 세련된 모습으로 뻣뻣한 고급 펠트 모자를 쓰고 있었다. 그 소년은 이런 모습 탓에 나중에 다른 학생들의 놀림을 받게 된다는 사실을 아직 몰랐다.

조금이라도 안목이 있는 사람이라면 이 얌전한 무리의 소년들이 슈바벤의 다른 보통 아이들에 비해 우월하다는 걸 한눈에 알아볼 것이다. 물론 주입식 교육을 받았다는 것을 금방 알수 있는 평범한 아이들도 있었다. 하지만 그중에는 아주 뛰어난 아이들도 있고 반항심이 가득한 아이들도 있었다. 이들의 반짝이는 이마 깊숙이에는 좀 더 높은 삶에 대한 욕망이 아직 반쯤 꿈속에서 잠들어 있는 것처럼 보였다. 물론 영리하고 고집이 센 아이도 있을 것이다. 이런 아이들은 시간이 지나면서 차츰 커다란 세상의 한가운데로 뚫고 들어간다. 그리고 자신들의 메마르고 완고한 사상을 새롭고 강력한 체계의 중심으로 만든다. 슈바벤이 교육을 잘 받은 신학자뿐 아니라 철학적인 사색 능력이 뛰어난 이들을 배출한다고 자랑하는 것은 바로 이런 이유에서다. 실제로 이런 철학적 사색은 유명한 예언자를 배출하기도 했지만 이단을 주장하는 자들도 배출했다. 이 비옥한 곳은 정치적으로는 아니어도 적어도 신학과 철학의 정신적인 영역에서만큼은 변함없이 확고한 영향력을 행사하고 있었다. 그뿐 아니라 예로부터 이 지역 사람들은 아름답고 몽환적인 시를 즐겨서 가끔 훌륭한 음유시인이 나오기도 했다.

마울브론 신학교의 시설과 생활을 보면 슈바벤적인 것은 없고 오히려 수도원 시대부터 내려오는 라틴어 이름과 고전적인 이름이 남아 있었다. 학생들이 배정받은 방 이름도 포럼과 헬라스, 아테네, 스파르타, 아크로폴리스 등이었다. 가장 작은 마지막 방의 이름은 게르마니아였는데 게르만적인 현재에 로마나 그리스적인 분위기를 만들어내려는 의도가 숨어 있었다. 그러나 이 또한 외면적인 것에 지나지 않았다. 실제로는 히브리적인 이름이 더 맞는 듯했다. 우연인지는 모르겠지만 아테네 방에는 씩씩하고 말 잘하는 학생들이 아니라 정직하고 얌전한 성품의 학생들이 있었다. 그리고 스파르타 방에는 금욕적이고 전사의 기질이 있는 학생들이 아니라 쾌활하고 자신감 넘치는 학생들이 있었다. 한스 기벤라트는 아홉 명의 학생과 함께 헬라스 방에 배정되었다.

그날 밤 한스는 동급생들과 온기 없는 황량한 방에 들어가 좁은 침대에 처음 누웠다. 그러자 뭐라 말할 수 없는 감정이 밀려왔다. 천장에는 커다란 석유램프가 달려 있었다. 램프의 붉은 불빛 아래서 소년들은 옷을 갈아입었다. 열 시 십오 분이 되자 조교가 불을 껐다. 학생들은 나란히 누웠다. 침대 사이마다 옷을 올려놓는 작은 의자가 있고, 기둥에는 기상 종을 울리는 끈이 늘어져 있었다. 몇몇 아이는 벌써 친해져 귓속말을 주고받았지만 곧 조용해졌다. 다른 아이들은 낯설어서인지 약간 가라앉은 분위기로 모두 꼼짝하지 않고 누워 있었다. 벌써 잠이 든 아이들의 깊은 숨소리와 리넨 홑이불의 바스락거리는 소리만 들릴 뿐이었다. 한스는 오랫동안 잠이 오지 않아 다른 학생들의 숨소리에 귀를 기울이고 있었다. 그때 하나 건너 옆에 있는 침대 쪽에서 불안한 느낌의 소리가 들려왔다. 침대에 누운 한 소년이 홑이불을 뒤집어쓴 채 울고 있었다. 멀리서 들려오는 듯한 낮은 흐느낌 소리에 한스의 마음도 흔들렸다. 집 생각이 많이 나지는 않았지만 한스도 자신의 조용하고 작은 방이 그리웠다. 거기에 새로운 생활에 대한 불안감과 동급생들에 대한 두려움까지 겹쳤다. 아직 한밤중이 아니었지만 어린 소년들은 모두 잠이 들었다. 슬픈 아이나 반항적인 아이, 쾌활한 아이, 소심한 아이 들도 똑같이 모든 것을 잊고 줄무늬 베개에 볼을 대고 나란히 누워 잠들었다. 오래된 뾰족한 지붕과 탑, 발코니, 고딕식 첨탑, 벽, 아치형의 회랑 위로 창백한 반달이 떴다. 달빛이 선반과 문지방을 비춘 뒤 고딕식 창과 로마네스크 문양의 문 위로 흘러갔다. 그리고 회랑에 있는 분수의 커다랗고 우아한 수반 위에서 옅은 금빛으로 빛났다. 이윽고 달빛은 세 개의 창을 지나 노란 띠와 동그란 점이 되어 헬라스 방을 비췄다. 그 옛날 수도자들의 꿈을 지켰듯이 지금은 잠든 소년들의 꿈을 정답게 지켜봤다.

다음 날 기도실에서 입학식이 엄숙하게 진행되었다. 선생들은 모두 프록코트를 입고 서 있고, 교장이 축하 연설을 했다. 의자에 앉은 학생들은 감개무량한 듯 몸을 숙이고 교장의 말을 경청하다가 가끔 뒤에 앉은 부모들을 찾아보기도 했다. 어머니들은 생각에 잠긴 채 미소 지으며 자식들을 바라봤고, 아버지들은 똑바로 앉아 엄숙한 기분으로 교장의 말을 들었다. 그들의 가슴은 자랑스러움과 희망으로 부풀어 올랐다. 그들

가운데 오늘 아들을 금전적인 이익과 맞바꿔 나라에 팔았다고 생각하는 사람은 아무도 없었다. 마지막에는 학생들이 하나씩 호명되어 앞으로 나가 교장과 악수하는 순서가 있었다. 이로써 학생들은 잘못을 저지르지 않는 한 죽을 때까지 국가의 보살핌을 받고 일자리를 보장받는다. 하지만 아버지들을 비롯해 어느 누구도 이것이 공짜로 주어지는 것이 아니라는 생각을 하지 못했다.

소년들에게 부모님과 이별하는 순간은 훨씬 더 엄숙하고 비장한 시간이었다. 부모들은 걷거나 우편마차를 타거나 아니면 서둘러 다른 탈것을 구해 학교를 떠났다. 부드러운 9월의 바람 속에서 손수건들이 오랫동안 나부꼈다. 마침내 부모들은 모두 숲 속으로 사라졌고, 아이들은 생각에 잠겨 조용히 수도원으로 돌아왔다.

조교가 말했다.

"이제 부모님들은 모두 가셨다."

소년들은 저마다 같은 방 친구들끼리 어울리기 시작했다. 잉크병에 잉크를 붓거나 램프에 석유를 채우고 책과 노트를 정리하기도 했다. 소년들은 앞으로 지낼 새로운 거처를 꾸미며 서로에 대해 호기심을 보였다. 고향과 출신 학교를 물어보거나 다 같이 고생하며 치렀던 시험에 대해서도 이야기했다. 소년들은 책상 주변에 모여 대화를 나눴는데, 해맑은 웃음소리가 끊이지 않았다. 저녁 무렵이 되자 같은 방 학생들은 벌써 긴 항해를 마친 승객들보다 더 친숙한 사이가 되었다.

한스와 함께 헬라스 방에 배정된 아홉 명의 학생 가운데 눈에 띄는 소년은 넷이었고 나머지 소년들은 평범했다. 슈투트가르트 대학 교수의 아들인 오토 하르트너는 재능 있고 침착하며 자신만만했다. 행동거지도 흠잡을 데가 없었다. 게다가 체격도 좋고 옷도 잘 입었다. 소년들 사이에서도 그의 영리하고 능숙한 행동은 주목을 끌기 충분했다.

그다음으로 고지대의 작은 마을에서 온 카를 하멜이 있었다. 하멜의 아버지는 마을 면장이었다. 하멜이 어떤 소년인지 알게 되기까지는 시간이 조금 걸렸다. 그는 모순투성이인 데다 자기만의 공간에서 좀처럼 나오려 하지 않았기 때문이다. 때로는 격정적이고 분주하고 난폭하다가도 곧 자신의 껍질 속으로 들어가 버려 그가 조용한 관찰자인지, 음흉하고 위험한 위선자인지 알 수가 없었다.

슈바르츠발트의 좋은 가문 출신인 헤르만 하일너도 있었다. 하일너는 하멜보다는 성격이 복잡하지 않지만 눈에 띄는 소년이었다. 주 시험에서 육각운에 맞춰 작문을 썼다는 소문도 들렸다. 그는 활기에 차서 말하고 멋진 바이올린을 갖고 있었다. 그리고 아직은 미성숙한 젊은이답게 감상적이고 경솔한 면도 있었다. 하지만 겉모습과 달리 내면은 좀 더 깊은 세계를 담고 있었다. 몸과 마음도 또래 아이들보다 훨씬 성장해 있었으며 자신이 갈 길도 미리 정해놓았다.

헬라스 방에서 가장 특이한 소년은 에밀 루치우스였다. 루치우스는 엷은 금발의 꼬마로 비밀스러운 구석이 많아 보였다. 나이 많은 농부처럼 끈기 있고 부지런하고 무덤덤한 기질을 지녔다. 행동이나 얼굴이 나이 들어 보이는 건 아니지만 그렇다고 소년 같아 보이지도 않았다. 오히려 변화할 여지조차 없는 다 큰 어른 같은 느낌이 들었다. 신학교의 첫날 다른 아이들이 새로운 생활에 익숙해지려고 떠들고 있을 때 그는 엄지손가락으로 귀를 막고 마치 잃어버린 시간을 되돌리려는 것처럼 조용히 문법책을 들여다봤다.

시간이 흘러 이 조용한 변덕쟁이의 교묘한 책략이 드러나자 학생들은 루치우스가 아주 교활하고 인색하며 이기적인 소년임을 알았다. 하지만 그가 이런 모습을 고수할수록 소년들은 오히려 일종의 존경을 보이거나 적어도 관용을 베풀었다. 그는 철저하게 아껴서 이득을 보는 방법을 알고 있었다. 다른 소년들은 그것을 보며 그저 놀랄 뿐이었다. 그의 지독한 절약 방법은 아침 일찍 세면장에서부터 시작되었다. 루치우스는 맨먼저 아니면 맨 마지막에 세면장에 나타나 다른 사람의 수건을 사용했다. 비누도 되도록 다른 사람의 것을 사용했다. 그러면 자신의 수건을 두 주 이상 쓸 수 있었다. 하지만 수건은 일주일에 한 번씩 바꾸는 것이 원칙으로, 월요일마다 수석 조교의 검사를 받아야 했다. 그래서 루치우스는 월요일 아침마다 새 수건을 자기 번호가 적힌 못에 걸어놓았다가 점심시간이 지나면 다시 잘 접어 상자 안에 넣어두고 쓰던 수건을 도로 걸어놓았다. 그의 비누는 딱딱해서 거의 거품이 일지 않았지만 그 대신 오랫동안 쓸 수 있었다. 그렇다고 그가 지저분한 매무새로 다니는 건 아니었다. 엷은 금발 머리는 가르마를 타서 말쑥하게 빗고 속옷이나 겉옷도 깨끗하게 입고 다녔다.

루치우스는 세수를 마치면 바로 아침을 먹으러 갔다. 아침은 커피 한 잔, 설탕 한 조각, 빵 한 덩이였는데 대부분의 소년이 이것만으로는 부족했다. 여덟 시간을 자고 일어났으니 배가 고픈 게 당연했다. 하지만 루치우스는 그것만으로 만족해했고 매일 설탕 한 조각을 먹지 않고 모아두었다. 그리고 설탕 두 조각에 1페니히, 설탕 스물다섯 조각에 노트 한 권을 받고 팔았다. 밤에는 비싼 석유 값을 아끼느라 다른 친구들의 램프 불빛으로 공부하기도 했다. 그렇다고 그의 집이 가난한 것도 아니었다. 오히려 그는 부잣집 아들이었다. 원래 아주 가난한 집 아이들이 돈을 아껴 쓸 줄 모르는 법이다. 저축 따위는 생각하지 않고 있으면 있는 대로 다 써버리는 것이다.

루치우스는 이런 식으로 필요한 물품을 얻고 돈도 벌었다. 그뿐 아니라 정신적으로도 이득을 보려고 노력했다. 그는 대단히 머리가 좋고, 정신적인 소유물에는 상대적인 가치밖엔 없다는 점을 마음속 깊이 새겼다. 그래서 잘해두면 나중에 시험에서 효과를 거둘 수 있는 과목만 열심히 공부하고, 나머지 과목들은 욕심 부리지 않고 중간 성적으로 만족했다. 암기 과목이든 실험 과목이든 간에 루치우스는 동급생들의 성적만 기준으로 삼았다. 두 배의 지식으로 2등이 되기보다는 절반의 지식으로 1등이 되기를 바랐다. 저녁에 같은 방 친구들이 장난치며 놀거나 책을 읽을 때도 그는 조용히 공부만 했다. 바로 옆에서 떠들거나 소란을 피워도 조금도 개의치 않았다. 오히려 그는 만족스러운 시선으로 그들을 바라보곤 했다. 다른 아이들도 모두 자신처럼 공부한다면 지금 그가 기울이는 노력은 전혀 쓸모가 없기 때문이다.

루치우스가 항상 노력하는 모습을 보였기에 친구들은 그의 행동을 악의적으로 해석하지 않았다. 하지만 극단적인 행동을 하거나 지나치게 욕심을 부리는 사람들이 그렇듯이 루치우스도 바보 같은 짓을 저지르고야 말았다. 수도원의 모든 수업은 무료였다. 그는 이 기회에 바이올린을 배워야겠다고 마음먹었다. 그렇다고 그가 예전에 바이올린을 배워본 적이 있거나 뛰어난 소질이 있는 건 아니었다. 음악을 즐겨 듣는 편도 아니었다. 그저 라틴어나 수학처럼 바이올린도 배울 수 있다고 생각했다. 그는 언젠가 음악을 배워두면 나중에 쓸모 있을 뿐 아니라 사람들을 즐겁게 해줄 수 있다는 이야기를 들은 적이 있었다. 게다가 신학교에서 제공하는 바이올린을 사용하므로 돈도 들지 않았다.

루치우스가 바이올린을 배우겠다고 말하자 음악 선생인 하스는 당황했다. 이미 그는 루치우스가 어떤 학생인지 잘 알고 있었기 때문이다. 음악 시간에 루치우스가 부른 노래는 반 친구들을 즐겁게 해주었지만 음악 선생에게는 절망만 안겨주었을 뿐이다. 선생은 루치우스를 말렸지만 상대를 잘못 봐도 한참 잘못 봤다. 루치우스는 웃는 얼굴로 겸손하게 자신은 바이올린을 배울 권리가 있으며, 음악에도 관심이 많다고 했다. 결국 그는 상태가 가장 나쁜 연습용 바이올린으로 일주일에 두 번 레슨을 받고 삼십 분 동안 개인 연습을 하기로 했다. 하지만 연습 첫날, 학생들은 그의 바이올린 소리를 다시는 듣고 싶지 않다며 아우성을 쳤다. 루치우스는 수도원의 구석진 곳을 찾아다니며 바이올린 연습을 계속했다. 그렇지만 참을 수 없을 정도로 끽끽대는 시끄러운 소리 탓에 가는 곳마다 학생들의 원성을 샀다. 시인 하일너는 루치우스의 바이올린 소리를 두고 도저히 견디지 못한 낡은 바이올린이 벌레 먹은 구멍으로 제발 참아달라고 애원하며 내는 소리라고 표현했다. 이런 소동을 벌이면서도 루치우스의 실력이 좀체 나아지지 않자 음악 선생은 화가 나서 레슨을 제대로 해주지 않았다. 루치우스는 점점 자포자기 심정이 되고 말았다. 항상 자신만만하고 욕심 많던 어린 장사꾼의 얼굴에 고통스러운 표정이 나타났다. 마침내 음악 선생이 더는 가르칠 수 없다고 선언하자 루치우스는 다른 악기를 알아봤다. 이번에는 피아노를 골라 몇 달간 노력해봤지만 역시 아무런 성과도 거둘 수 없었다. 의기소침해진 루치우스는 결국 악기 배우기를 포기했다. 슬픈 일이었다. 그래도 루치우스는 음악 이야기만 나오면 자신이 예전에 바이올린과 피아노를 배운 적이 있었는데 사정이 생겨 아름다운 예술 활동을 계속할 수 없었다고 떠벌리곤 했다.

헬라스 방의 소년들은 재미있는 친구들 덕분에 즐겁게 지낼 수 있었다. 글을 잘 쓰는 하일녀도 가끔 엉뚱한 행동으로 모두를 웃게 했다. 활발한 성격의 하멜은 재치가 넘치는 관찰자였다. 또래보다 한 살 위여서 모두 그의 말을 잘 들었지만 그렇다고 존경하지는 않았다. 하멜은 괴팍스러운 면이 있었다. 거의 매주 싸움을 벌이며 친구들을 시험하려 했는데 그럴 때는 난폭함이 지나쳐 잔인해 보이기까지 했다.

한스 기벤라트는 이런 친구들을 놀라워하며 바라봤다. 그는 묵묵히 자신의 일을 해나가는 착하고 얌전한 학생이었다. 또 루치우스 못지않게 부지런했다. 방 친구들은 모두 한스를 좋아했다. 하일녀만은 예외였다. 하일녀는 천재적인 분방함을 내세워 한스를 바보처럼 노력만 한다고 비난했다. 가끔 저녁 무렵에 침실에서 싸움이 일어나기도 했지만 한창 자랄 나이의 이 소년들은 대체로 평화롭게 잘 지내는 편이었다. 모두가 어른처럼 행동하려고 노력했다. 선생들이 "자네들"이라고 부르면 어색해했지만 학문적인 엄숙함과 우아한 태도를 보여주려고 애썼다. 그리하여 마치 대학 신입생들이 고등학교 시절을 돌아보는 것처럼 갓 졸업한 라틴어 학교 시절을 불쌍하게 여기며 거만하게 돌아보기도 했다. 하지만 가끔 어린 소년다운 가식 없는 무분별함이 억지로 가장한 품위 있는 행동을 무너뜨리면서 본색을 드러내기도 했다. 그럴 때면 넓은 침실은 그 나이 아이들이 쓰는 욕설과 상소리로 가득 찼다.

공동생활을 시작한 학생들은 시간이 지나면서 화학적 화합물이 침전하는 것처럼 변해갔다. 이런 모습은 신학교의 교장이나 다른 선생들에게는 소중한 경험을 얻을 수 있는 기회였다. 마치 액체에 떠 있는 탁한 먼지나 찌꺼기가 하나로 뭉쳤다가 다시 풀려 몇 개의 덩어리로 변하는 것 같았다. 처음의 낯설고 수줍었던 시간이 지나면서 서로 충분히 알게 된 소년들은 끼리끼리 뭉치기 시작했다. 같은 생각이나 취미를 가진 아이들끼리 모이고, 좋아하거나 싫어하는 상대를 분명히 드러냈다. 고향이 같거나 같은 학교를 나온 친구들끼리 몰려다니는 일은 거의 없었다. 대부분 새롭게 사귄 친구들과 어울렸다. 도시에서 온 아이들은 농촌 아이들과 어울리고, 고지대에서 온 아이들은 저지대 아이들과 어울렸다. 이렇게 잠재해 있던 욕구에 따라 다양성과 보편성을 추구했다. 어린 소년들은 불안한 심정으로 서로를 찾았고, 평등 의식과 함께 독립심도 나타났다. 많은 소년이 어린 시절의 잠에서 깨어나 하나의 인격을 형성하기 시작한 것이다. 그 속에서 말로 표현하기 어려운 질투의 장면이 벌어지고, 두터운 우정이나 날카롭게 마주치는 적의가 생기기도 했다. 그들은 함께 산책하는 사이가 되기도 하고, 때로는 주먹이 오가는 심한 싸움을 벌이기도 했다.

한스는 이런 일에 관심을 두지 않는 듯했다. 카를 하멜이 관심을 보이며 접근했을 때는 놀라서 거절했다. 하멜은 그 뒤 스파르타 방의 친구와 가까워졌다. 혼자 남겨진 한스는 자신도 친구들과 행복하게 보내고 싶다는 생각이 들었다. 하지만 친구들과 가깝게 지내려는 마음이 들다가도 수줍어서 행동에 옮길 수가 없었다. 어머니 없이 엄격한 소년 시절을 보내느라 애착이라는 성질이 위축되어버린 것이다. 무엇보다도 그는 열정적인 것에 공포심을 느꼈고, 거기에 소년다운 자부심과 가련한 공명심이 더해졌다. 그는 루치우스와 마찬가지로 공부에 방해가 되는 것들을 모두 멀리했지만 그것은 지식에 대한 열망 때문이었다. 루치우스와는 달랐다. 그래서 책상 앞에 앉아 있어도 서로 어울려 노는 아이들을 보면 부러운 마음이 들었다. 누군가가 다가와서 말을 걸었다면 기꺼이 친구가 되었을 것이다. 한스는 마치 수줍은 소녀처럼 용기 있는 사람이 다가 와 자신을 행복하게 해주기를 기다렸다.

소년들은 새로운 친구를 사귀고 히브리어 수업을 비롯해 여 러 과목을 공부하느라 정신없이 시간을 보냈다. 마울브론을 둘러싼 작은 호수와 연못 위로 늦가을의 하늘이나 잎이 떨어 진 물푸레나무와 떡갈나무, 참나무의 그림자가 비쳤다. 아름 다운 초겨울이 찾아왔다. 시든 나뭇가지가 바람에 소리를 내 며 흔들리고, 서리도 몇 번 내렸다.

감수성이 풍부한 헤르만 하일너는 자신과 같은 성향의 친구 를 만나고 싶어 했다. 하지만 결국 포기하고 매일 혼자서 숲 속 을 산책했다. 그가 좋아하는 장소는 갈대로 둘러싸인 갈색 호 수였다. 마른 잎이 달린 오래된 활엽수 가지가 늘어져 있어 더 욱 우울한 느낌을 주었다. 이 애잔한 호수의 풍경은 하일너의 감성을 자극했다. 그곳에 가면 꿈을 꾸는 듯한 기분이 들었다. 하일너는 나뭇가지로 호수에 동그라미를 그리거나 레나우의 「갈대의 노래」를 읽거나 동심초 속에 누워 죽음이나 사라짐을 생각하며 시간을 보냈다. 낙엽이 떨어지거나 나뭇가지가 흔들 리는 소리가 들릴 때면 분위기는 더욱 우울해졌다. 그럴 때면 작은 수첩을 꺼내 자신의 감정을 적기도 했다.

10월의 어느 우중충한 날이었다. 한스 기벤라트는 점심시간에 혼자 호숫가를 산책하다가 시를 쓰고 있는 하일너를 봤다. 이 소년 시인은 그물을 맬 때 쓰는 작은 발판 위에 앉아 무릎에 수첩을 올려놓은 채 연필을 입에 물고 있었다. 옆에는 책이 펼쳐져 있었다. 한스가 조용히 다가갔다.

"야, 하일너! 뭐하고 있니?"

"호메로스를 읽고 있어."

"난 네가 뭘 하는지 벌써 알고 있었지."

"그래?"

"응. 너 시를 쓰고 있었지?

"그렇게 생각해?"

"그럼."

"여기 앉아봐."

한스는 하일너와 나란히 발판에 앉아 물 위로 다리를 늘어뜨리고 서늘한 공기 속에서 갈색 잎이 하나둘 소리 없이 떨어지는 광경을 바라봤다.

"이곳은 분위기가 쓸쓸하네."

"그렇지."

둘은 등을 땅에 대고 길게 누웠다. 그러자 깊어가는 가을을 느끼게 하는 나무들이 사라지고 구름이 조용히 떠다니는 하늘이 눈에 들어왔다. 한스는 기분이 좋아져서 말했다.

"구름이 참 멋지다."

하일너가 한숨을 쉬며 대답했다.

"그래, 참 좋구나. 내가 저 구름이라면 좋겠다."

"왜 구름이 되고 싶니?"

"그러면 하늘을 날 수 있잖아. 멋진 배처럼 숲을 지나고 마을을 지나서 멀리 갈 수 있잖아. 너는 배를 본 적 있니?"

"아니, 너는 봤어?"

"그럼, 봤지. 넌 그런 건 전혀 모르는구나. 공부나 노력, 이런 것만 생각하고 그저 공부만 한 거네."

"그래서 넌 나를 바보 같다고 생각하지?"

"그런 건 아냐."

"난 네가 생각하는 것처럼 그렇게 바보는 아니야. 그보다 배 이야기나 더 해봐."

하일너는 돌아눕다가 하마터면 물에 빠질 뻔했지만 배를 땅에 댄 채 양손으로 턱을 받치고 말했다.

"라인강에서 말이야. 방학 때 거기서 배를 봤어. 일요일이었는데 배 안에서 음악이 흘러나왔어. 밤이라 색색의 등이 물 위를 비추고 있었지. 우리는 음악을 들으면서 강을 따라 내려갔어. 사람들은 라인 주를 마시고, 여자애들은 하얀 옷을 입고 있었지."

한스는 아무 말도 하지 않았다. 눈을 감으니 여름밤에 빨간색 등을 달고 음악이 흘러나오는 배 안에서 하얀 옷을 입은 소녀의 모습이 보였다. 하일너는 계속해서 말했다.

"우리 학교 분위기와는 전혀 달라. 우리 학교에 온 아이들 가운데 그런 걸 아는 앤 하나도 없을걸. 모두 답답하고 비겁한 놈들뿐이야. 악착같이 공부만 할 줄 알지, 히브리어 알파벳보다 더 멋진 게 있다는 건 모를걸. 너도 마찬가지야."

한스는 조용히 있었다. 하일너는 조금 이상한 아이였다. 공상가이자 시인이었다. 예전에도 하일너에게 가끔 놀라곤 했다. 누구나 알고 있는 사실이지만 하일너는 별로 열심히 공부하는 것 같지 않았다. 그런데도 아는 게 많고 누가 물어보면 대답도 잘했다. 그러면서 그런 지식들을 경멸했다.

"우리는 호메로스를 읽지만 『오디세이』를 마치 요리책처럼 읽고 있어. 한 시간에 두 구절을 읽고 한 자 한 자 되풀이해서 다시 읽고 그렇게 구역질이 날 때까지 읽는 거지. 그러고는 시간이 끝날 때마다 '이제 시인이 얼마나 미묘하게 표현했는지 잘 알겠지. 여기서 우리는 시적 창작의 비밀을 알 수 있어'라고하지. 그건 불변화사와 과거형에 질식당하지 않도록 주변에 소스를 친 것뿐이야. 그런 방법이라면 내게 호메로스는 가치가 없어. 도대체 고대 그리스 것들이 우리와 무슨 관계가 있다는 거지? 만약 우리 가운데 누군가가 그리스식으로 살거나 그러려고 하기만 해도 당장 쫓겨나고 말 텐데. 그러면서 우리 방을 헬라스 방이라고 부르지! 정말 웃기지 않니. 왜 휴지통이나

노예 방이나 비단 모자라고는 부르지 않지? 고전적이라는 건
모두 쓸데없는 속임수일 뿐이야."

말을 마친 하일너는 공중에 침을 뱉었다. 한스가 물었다.

"조금 전에 시를 쓰고 있었지?"

"응."

"무슨 시였니?"

"이 호수와 가을에 대해 써봤어."

"보여줄 수 있어?"

"아니, 아직 다 쓰지 못했어."

"그럼 다 되면 보여줄 거지?"

"알았어, 보여줄게."

두 소년은 천천히 수도원 쪽으로 걸어갔다. 파라다이스를
지날 때 하일너가 말했다.

"저것 좀 봐. 너는 저것들의 아름다움을 알 수 있니? 회당과
아치형 창문, 회랑, 식당, 고딕식과 로마네스크식. 모두 예술가
의 손으로 풍부하고 정밀하게 만든 거야. 이런 것들이 왜 있는
걸까? 목사가 되려는 사십 명의 소년을 위해 있는 거잖아. 나
라에 돈이 남아도나 봐."

한스는 오후 내내 하일너를 생각했다. 도대체 어떤 아이일
까? 한스가 가진 걱정이나 희망사항 같은 건 하일너에게 없었
다. 그는 자신만의 생각과 말로 좀 더 열정적이고 자유롭게 살

앉다. 그리고 남과 다른 생각을 하고 주변을 경멸하는 시선으로 바라봤다. 오래된 기둥과 담벼락의 아름다움을 이해하고, 자신의 영혼을 시에 담아 상상의 나래를 펼쳤다. 그는 비현실적인 자신만의 독특한 생활을 만들어내는 신비하고 기이한 예술을 펼치고 있었다. 하일너는 경쾌하고 자유로웠으며, 한스가 일 년 동안 해도 할까 말까 한 농담을 하루 만에 쏟아냈다. 동시에 그는 우울해 보이기도 하고 자신의 슬픔을 마치 다른 사람이 가진 진기하고 귀중한 것처럼 즐기고 있는 듯 보이기도 했다.

그날 저녁 하일너는 엉뚱하고 특별한 기질의 일부를 같은 방 학생들에게 보여주었다. 말 많고 속 좁은 소년인 오토 벵거가 하일너에게 다가와 시비를 걸었다. 하일너는 처음엔 조용히 대꾸만 하다가 결국 벵거의 뺨을 한 대 때리면서 싸움이 벌어졌다. 두 소년은 거칠게 달라붙어 물어뜯고 키를 잃은 배처럼 여기저기 부딪히며 의자를 쓰러뜨리고 바닥에 뒹굴기도 하면서 온 방 안을 돌아다녔다. 둘은 거칠게 숨을 몰아쉬고 씩씩거리면서 서로 노려봤다. 같은 방 아이들은 두 사람이 뒤엉켜서 마구 돌아다니자 재빨리 발을 피하고 책상이나 램프를 치웠다. 그러고는 재미있는 구경거리라도 만난 양 마른 침을 삼키며 누가 이길지 지켜봤다. 잠시 뒤 하일너가 가쁜 숨을 몰아쉬고 간신히 몸을 털면서 일어났다. 꼴이 말이 아니었다. 두 눈은 빨개진 채 셔츠 깃이 찢기고 바지 무릎에는 구멍이 났다.

벵거가 다시 달려들자 하일너는 팔짱을 끼고 거만하게 말했다.

"난 더는 안 하겠어. 때리고 싶으면 때려."

그러자 벵거는 욕을 하며 물러섰다. 하일너는 책상에 기대서서 램프를 돌리다가 양손을 바지 주머니에 넣고 뭔가를 생각했다. 갑자기 하일너의 눈에서 눈물이 떨어지기 시작했다. 그것은 아주 놀라운 모습이었다. 신학교 학생이 운다는 것은 있을 수 없는 일이었다. 하일너는 눈물을 감추려고 하지도 않았다. 오히려 양손을 주머니에 넣은 채 눈물도 닦지 않고 창백해진 얼굴을 램프 쪽으로 돌리고 가만히 서 있었다. 다른 아이들이 주위에 서서 호기심에 찬 눈으로 쳐다봤다. 마침내 하르트너가 앞으로 나서며 말했다.

"야, 하일너. 넌 부끄럽지도 않니?"

울고 있던 하일너는 잠에서 깨어난 사람처럼 가만히 주위를 둘러봤다. 그러더니 무시하듯 큰 소리로 말했다.

"부끄러우냐고? 너희한테? 전혀 그렇지 않아."

하일너는 얼굴을 닦고 화가 난 듯 램프를 꺼버리더니 방을 나갔다.

한스 기벤라트는 처음부터 꼼짝도 하지 않고 놀라운 마음으로 하일너를 지켜보고 있었다. 하일너가 나간 지 십오 분쯤 지

낳을 때 한스는 용기를 내어 사라진 친구를 쫓아갔다. 하일너는 어둡고 추운 복도의 낮은 창문턱에 앉아 회랑만 내려다보고 있었다. 뒤에서 보니 하일너의 어깨와 선이 가늘고 길쭉한 머리가 나이답지 않게 진지해 보였다. 한스가 다가가도 하일너는 움직이지 않았다. 얼마 뒤 하일너는 한스를 돌아보지도 않고 쉰 목소리로 이렇게 말했다.

"누구야?"

"나야."

한스의 목소리가 떨렸다.

"무슨 일인데?"

"아무것도 아니야."

"그래? 그럼 돌아가줘."

한스는 몹시 기분이 나빠서 돌아서려고 했다. 그때 하일너가 한스를 붙잡았다. 그러고는 농담처럼 말했다.

"기다려. 그렇게 말하려던 건 아니야."

두 소년은 서로 마주 봤다. 이렇게 정면으로 상대방의 얼굴을 보는 것은 처음이었다. 이들은 소년다운 매끈한 표정 뒤에 깃든 각자의 특유한 생활과 독특한 영혼을 서로 마음속에서 그려내려고 했다.

하일너는 천천히 팔을 들어 한스의 어깨를 잡고 자신의 얼굴 쪽으로 바짝 끌어당겼다. 한스는 갑자기 상대방의 입술이

자기 입술에 닿는 것을 느끼고 깜짝 놀랐다.

심장이 이렇게 뛰는 것도 처음이었다. 이렇게 어두운 복도에 함께 있고, 갑작스럽게 입을 맞추는 것은 모험적이고 신기하고 무서우며 위험한 일이었다. 이런 모습을 들킨다면 어떤 일이 벌어질지! 아마 하일너가 운 것보다 훨씬 더 우습고 부끄러운 소문이 날 게 틀림없었다. 한스는 아무 말도 할 수 없었다. 피가 머리 위로 세차게 치솟는 듯한 느낌이 들었다. 할 수만 있다면 이 자리에서 도망치고 싶었다.

이 광경을 본 어른이라면 순수하고 수줍은 애정이 드러나는 두 소년의 풋풋한 모습과 그들의 진지하고 갸름한 얼굴에서 은밀한 기쁨을 느꼈을 것이다. 둘 다 귀엽고 앞날이 기대되는 소년이며, 아직은 어린아이의 순진함이 남아 있었다. 그러나 이제 수줍지만 아름다운 청년의 자부심이 엿보였다.

소년들은 차츰 공동생활에 적응해나갔다. 상대의 감정이나 방식 등을 알게 되고 익숙해지면서 우정도 싹텄다. 히브리어 스터디 그룹이 생기고, 그림을 그리거나 산책하면서 실러를 읽는 그룹도 생겼다. 라틴어는 잘하는데 수학이 약한 아이들은 라틴어에 약하고 수학을 잘하는 아이들과 모여 서로 약점을 보완해주는 팀을 꾸렸다. 또한 계약과 물물교환을 목적으로 만난 사이도 있었다. 모두가 부러워했던 햄을 가진 그 소년은 슈탐하임에서 온 과수원집 아들과 어울렸다. 이 소년은 맛

있는 사과 상자를 갖고 있었다. 어느 날 햄을 가진 소년이 햄을 먹다가 목이 마르자 사과를 가진 소년에게 햄과 사과를 바꾸자고 했다. 두 소년은 진지하게 이야기를 나눈 끝에 햄이 떨어지면 곧 채워지고, 사과 또한 봄이 지나도 얼마간은 아버지가 보내줄 수 있음을 알았다. 이렇게 해서 끈끈한 관계가 맺어졌다. 이 관계는 열정으로 뭉친 다른 그룹들보다 더 오래 굳건히 이어졌다.

다른 사람들과 어울리지 않고 혼자 지내는 학생도 있었지만 그 수는 적었다. 루치우스가 그중 하나였다. 그 무렵 예술에 대한 그의 탐닉에 가까운 열정은 절정에 달했다.

전혀 어울릴 것 같지 않은 소년들이 뭉쳐 다니기도 했는데 헤르만 하일너와 한스 기벤라트의 만남이 그랬다. 경솔한 사람과 신중한 사람, 시인과 성실한 생활인이 함께 다니는 것이었다. 두 소년 다 가장 영리하고 뛰어난 학생이었다. 하일너는 놀림 반 진심 반으로 천재라는 소리를 들었지만 한스는 모든 사람이 진심으로 모범 소년이라고 불렀다. 어찌 되었건 소년들은 모두 저마다 친구를 만들고 또 공부에 열중하느라 바빠서 이 둘에게 큰 관심을 두진 않았다.

이런 개인적인 흥미나 경험 때문에 학교 수업을 등한시하지는 않았다. 학교는 하나의 큰 악장이고 리듬이었다. 루치우스와 음악 수업에 얽힌 이야기나 하일너의 시, 모든 교우 관계와 다툼, 가끔 벌어지는 몸싸움 등은 오히려 재미있는 에피소드에 지나지 않았다. 가장 큰 문제는 히브리어였다. 여호와를 찬양하는 이 기이한 태고의 언어는 말라 죽은 듯 보이지만 이상하게도 마치 살아 있는 나무처럼 신비한 힘을 얻었다. 그리고 소년들 앞에 하나의 수수께끼처럼 우뚝 서 있었다. 나뭇가지들은 기이하게 뻗쳐 있고, 진기한 색과 향기를 지닌 꽃은 소년들을 어리둥절하게 했다. 나뭇가지와 몸통의 옹이나 뿌리 속에는 괴상하고 무섭게 생긴 용, 소박하고 착한 동화, 아름다운 소년과 눈빛이 고요한 소녀, 억센 여인과 주름살이 진 엄격하고 메마른 노인의 얼굴 그리고 무섭거나 다정한 모습의 천년의 영혼 들이 들어 있었다. 루터의 성경에서는 안개로 엷게 가려져 멀리 꿈처럼 울렸던 것들이 지금 이 낯설고도 순수한 언어 속에서는 낡고 답답하기는 해도 강하고 무시무시한 생명을 얻었다. 적어도 하일너는 그렇게 생각했다. 하일너는 매일 매시간 모세5경(구약성서의 맨 앞에 나오는 창세기와 출애굽기, 레위기, 민수기, 신명기를 말한다 – 옮긴이)을 저주했다. 하지만 모든 단어를 알 뿐 아니라 바르게 읽으려고 참을성 있게 공부하는 다른 학생들보다 더 많은 생명과 영혼을 발견하고 또 빨아들였다.

이에 비해 신약성서는 부드럽고 밝으며 내적인 느낌을 주었다. 신약성서의 언어는 오래되거나 깊이가 있거나 풍부하지는 않았지만 섬세하고 생생한 열기가 있으면서 꿈이 넘쳤다.

한편 『오디세이』의 힘 있고 균형 잡힌 음조는 물의 요정의 하얗고 둥근 팔처럼 지나가 버린 시간에 대한 지식과 예감을 떠올리게 했다. 어느 때는 뚜렷한 윤곽과 꾸밈없는 필치로 손에 잡힐 것 같고, 또 어느 때는 두서너 마디 말이나 구절에서 꿈과 아름다운 예감으로 반짝반짝 빛나면서 떠오르기도 했다. 그 앞에서 역사가 크세노폰이나 리비우스는 빛을 잃고 사라지고 말았다. 완전히 사라지지는 않았다 해도 미미한 빛으로 거의 반짝임을 잃고 그 옆에 서 있을 뿐이었다.

한스는 친구가 자신과 다르게 생각하는 것을 알고 몹시 놀랐다. 하일너에게 추상적인 것은 존재하지 않았다. 모든 것을 마음속에서 공상의 색깔을 칠해 그려낼 수 있었다. 만약 그렇게 되지 않는 대상이 있다면 싫증내거나 포기해버렸다. 그에게 수학은 믿을 수 없는 수수께끼를 짊어진 스핑크스였다. 차갑고 무서운 눈초리로 살아 있는 모든 것을 움직일 수 없게 하는 괴물이었다. 하일너는 이 괴물을 피해 멀리 도망쳤다.

하일너와 한스의 우정은 색다른 관계였다. 하일너에게 우정은 오락이고 사치며 기분 좋은 일이기도 하지만 변덕스럽기도 했다. 한스에게는 자랑스럽게 지키는 보물이기도 하고 부담스러운 짐이기도 했다. 그때까지 한스는 저녁 시간에 언제나 공부를 했다. 하지만 이제는 달라졌다. 하일너는 재미없는 과목을 공부하다가 싫증이 나면 한스를 찾아와 책을 밀어놓고 자신과 놀자며 졸랐다. 한스는 이 친구를 무척 좋아했지만 한편으로는 공부에 방해될까 봐 쩔쩔맸다. 그래서 하일너가 찾아올 때를 대비해 예전보다 더 열심히 공부했다. 하일너는 이런 한스를 논리적으로 비판했고, 한스는 그런 말을 듣는 게 괴로웠다. 하일너는 이렇게 말했다.

"그건 날품팔이 같은 거야. 넌 지금 공부를 하고 싶어서 하는 게 아니야. 선생님과 아버지가 무서워서 하는 거지. 1등이나 2등을 하면 뭐가 달라지는데? 나는 20등이지만 열심히 공부하는 너희보다 더 똑똑해."

한스는 하일너가 교과서를 어떻게 다루는지 알고 깜짝 놀랐다. 언젠가 책을 교실에 두고 온 한스는 그다음 시간인 지리 과목 예습을 하려고 하일너의 지도책을 빌린 적이 있었다. 그때 책에 온통 낙서를 해놓은 걸 본 것이다. 피레네 반도의 서해안은 사람 얼굴로 바뀌어 있었다. 포르토에서 리스본까지는 코였고, 피니스테레 곶 부근은 곱슬머리였다. 세인트빈센트 곶은 얼굴에서 수염이 늘어진 부분이었다. 모든 장이 다 그랬다. 맨 뒷장 백지에는 여러 대상을 희화화한 그림과 시 구절이 담겨 있었다. 한스는 하일너의 이런 대담한 행동이 신성을 모독하는 반범죄적인 일이지만 한편으론 영웅적인 일이라고 느꼈다.

이렇게 순진한 기벤라트가 친구에게는 귀여운 장난감이나

집에서 기르는 고양이 정도로 보였을지 모르겠다. 한스 또한 가끔 자신을 그렇게 생각할 때도 있었다. 그러나 하일너는 한스가 필요했기에 애착을 보였다. 그는 누구든 자신의 마음을 털어놓을 수 있는 사람, 자신의 말을 들어주고 감탄하며 칭찬해줄 사람이 필요했다. 학교나 인생에 대해 아주 과격하게 이야기할 때 조용히 그리고 열심히 들어줄 사람이 필요했다. 또 우울할 때 자신을 위로해주며 무릎을 베고 누울 수 있는 사람도 필요했다. 일반적으로 이런 기질의 사람들이 그렇듯이 이 젊은 시인은 별다른 이유 없이 갑자기 우울증이 찾아오면 어리광을 부리는 것처럼 행동하곤 했다. 이는 어린 시절에 경험한 이별이나 목적 없이 방황하는 여러 가지 힘과 어슴푸레한 생각, 욕망 그리고 성인이 되는 시기에 겪는 이해할 수 없는 어두운 충격 등이 원인이었다. 그럴 때면 하일너는 병적으로 동정받거나 위로받고 싶은 욕구를 느꼈다. 예전에 하일너는 어머니의 사랑을 듬뿍 받고 자랐다. 그리고 아직은 여성의 사랑을 받을 만큼 성숙하지 못하기에 온순한 친구에게 위안을 받는 것이다.

저녁 무렵이 되면 하일너는 지친 채로 한스를 찾아오곤 했다. 그리고 공부하고 있는 한스에게 복도로 가자고 졸랐다. 두 소년은 추운 홀이나 천장이 높고 어둑어둑한 기도실을 왔다 갔다 하기도 하고, 덜덜 떨면서 창가에 걸터앉아 있기도 했다.

하일너는 하이네의 시를 읽는 서정적인 소년이었고 감성이 풍부했다. 아직은 어린 티가 남은 비애의 구름 속에 싸여 있는 듯했다. 한스는 그런 하일너가 조금 낯설었다. 하지만 가슴속을 울리는 뭔가를 느낄 수 있었고, 가끔은 그런 기분에 전염되기도 했다. 감수성이 풍부한 하일너는 흐린 날에는 더욱 감정의 기복이 심해졌다. 특히 구름이 잔뜩 낀 어두운 늦가을 날이나 구름에 가려진 달빛이 얇은 베일에 싸인 것처럼 하늘을 비추는 밤이면 그의 감성은 절정에 달했다. 그때는 오시안(Ossian, 3세기 무렵 고대 켈트족의 전설적인 시인이자 영웅으로 낭만적인 서사시를 많이 지었다 – 옮긴이)의 시를 읽으며 몽롱한 우수 속으로 녹아들어가는 것이다. 그것이 한숨이 되고 말이 되고 시가 되어 아무 상관도 없는 한스에게 퍼부어졌다.

한스는 고통이 담긴 수심과 탄식에 시달리다가 나머지 시간에는 공부를 계속했다. 하지만 공부하는 게 점점 더 어려워지고 예전의 두통이 다시 나타났다. 피곤함이 심해져 아무것도 하지 않고 멍하니 보내는 시간이 많아지고, 반드시 해야 할 일을 할 때조차 자신을 다그쳐야만 했다. 한스는 이런 상황이 마음에 걸렸다. 그는 평범하지 않은 친구와의 우정으로 지치고, 자기 성격의 순결한 부분이 병들어가고 있음을 어렴풋이 느꼈다. 하지만 침울해하며 눈물을 흘리는 친구를 보면 가여운 마음이 들었다. 이 친구에게 자신이 없어서는 안 될 존재라는 생각은 한스의 우정을 더 깊게 하고, 더 자부심을 느끼게 했다.

한스는 하일너의 병적인 우울증이 사실은 건강하지 못한 과민한 충동 탓에 돌발적으로 나타나며, 자신이 정말 감탄하는 하일너의 원래 성격은 그렇지 않다는 사실을 알고 있었다. 하일너가 직접 지은 시를 읽어주거나 시인의 이상을 이야기하거나 실러와 셰익스피어의 작품에 나오는 독백 대사를 정열적인 몸짓과 함께 들려줄 때는 마치 마술을 부린다는 생각이 들었다. 하일너가 하늘을 날고, 초인간적인 자유와 불타는 정열로 움직이고, 호메로스의 천사처럼 날개 돋친 발로 자신과 친구들 사이에서 벗어날 것만 같았다. 이제까지 한스에게 시인의 세계는 미지의 영역이었을 뿐 그리 중요하게 생각하지 않았다. 하지만 지금은 아름다운 어구와 진실하게 다가오는 비유, 마음 설레는 음률 등의 유혹을 거부할 수가 없었다. 이 새로운 세계에 대한 존경심과 친구에 대한 감탄이 한꺼번에 일어났다.

그러는 동안 11월이 되었다. 날이 금방 어두워져서 공부를 계속하려면 램프를 밝혀야 했다. 어두운 밤에 폭풍이 불면 높은 지대에 있는 수도원 주위는 구름으로 뒤덮였다. 나뭇잎은 다 떨어지고, 나무들의 왕자인 단단하고 가지 많은 커다란 참나무만이 불평하듯 마른 나뭇가지로 소리를 내고 있었다. 이때쯤이면 하일너는 완전히 우울해져 한스도 찾지 않고 외딴 연습실에서 혼자 바이올린을 난폭하게 연주하거나 친구들과 싸움을 벌였다.

어느 날 하일너가 연습실에 갔을 때 노력가인 루치우스가 악보를 펼쳐놓고 연습하고 있었다. 루치우스를 좋아하지 않는 하일너는 도로 나갔다가 삼십 분 뒤에 돌아왔지만 그는 여전히 연습 중이었다. 하일너가 짜증스럽게 말했다.

"이제 그만할 때가 된 거 아냐. 다른 사람들도 연습해야 하잖아? 그러지 않아도 네 바이올린 소리가 다른 친구들을 괴롭히는데."

하지만 루치우스는 연습을 멈추지 않았다. 하일너는 화가 났다. 루치우스가 다시 바이올린을 연주하기 시작하자 하일너는 보면대를 발로 차버렸다. 루치우스는 보면대에 얼굴을 맞고 말았다. 그는 사방으로 흩어진 악보를 주우면서 단호하게 말했다.

"교장선생님께 이른다."

하일너도 화가 나서 소리쳤다.

"그러든가. 엉덩이도 차였다고 이르지 그래."

그러고는 루치우스를 발로 걷어차려고 달려들었다. 루치우스는 재빨리 몸을 돌려 문 쪽으로 달려갔고, 하일너가 그 뒤를 쫓았다. 요란한 추격전이 시작되었다. 두 소년은 복도와 큰 방을 지나고 계단과 현관을 지나 수도원에서 가장 멀리 떨어진 곳까지 달려갔다. 그곳에는 조용하고 우아한 교장 사택이 있었다. 방문 앞에서 하일너는 간신히 루치우스를 붙잡았다. 하지만 루치우스는 이미 노크를 하고 방 안으로 들어선 뒤였다. 결국 하일너에게 걷어차인 루치우스는 문 닫을 새도 없이 그대로 신성 불가침한 교장의 방 안으로 넘어지고 말았다.

이 사건은 지금까지 유례가 없던 일이었다. 다음 날 아침 교장은 청년의 탈선을 준엄하게 훈계했다. 루치우스는 깊은 감명을 받고 속으로 박수를 보내면서 교장의 말을 들었다. 하일너는 홀로 가둬지는 벌을 받았다. 교장은 하일너를 큰 소리로 야단쳤다.

"이제까지…… 우리 학교에서는 이런 벌을 받은 학생이 없었다. 십 년이 지나도 이 사건을 잊지 않도록 해주겠다. 다른 학생들에게 하일너는 본보기가 될 것이다."

학생들은 모두 겁을 먹고 하일너를 힐끔힐끔 쳐다봤다. 하일너는 파랗게 질린 얼굴로 반항하듯 꼿꼿하게 서서 교장을 똑바로 바라봤다. 많은 학생이 그런 하일너의 모습을 보고 속으로 감탄했지만 교장의 훈시가 끝나자 모두 떠들면서 방에서 나왔다. 하일너는 방에 혼자 남았다. 그의 편이 되려면 용기가 필요했던 것이다.

한스 기벤라트도 하일너의 편을 들 수가 없었다. 그렇지만 그게 자신의 의무라는 생각이 들어 부끄러움에 얼굴을 들지 못하고 방 안에만 틀어박혀 있었다. 어떤 대가를 치르더라도 하일너에게 가봐야겠다는 생각이 들었다. 하지만 수도원에서 가둬지는 벌을 받은 사람은 그 뒤에도 계속 낙인처럼 그 사실이 따라다녔다. 특별 감시를 받는 것은 물론이고 그 당사자와 가깝게 지내는 사람까지 평판이 나빠졌다. 국가에서 혜택을 받는 만큼 당연히 엄격한 규율을 지키며, 그것에 보답해야 한다. 이는 입학식의 긴 훈시에서도 잘 알려진 사실이었다. 한스 또한 잘 알고 있었다. 한스는 우정의 의무와 공명심의 싸움에서 졌다. 그가 꿈꾸는 자신의 모습은 신학교에서 두각을 나타내고 시험에서 좋은 성적을 거둬 당당히 한몫을 해내는 것이지 낭만적이고 위험한 행동을 하는 게 아니었다. 한스는 괴로워하면서도 잠자코 있었다. 용기 있게 나설 수도 있었지만 시간이 지날수록 점점 어려워졌다. 어느새 한스는 자신도 모르게 하일너를 배신하고 말았다.

하일너는 이 모든 것을 충분히 알고 있었다. 정열적인 그는 모든 학생이 자신을 피하고 있음을 느꼈고 그것이 당연하다고 생각했다. 그러나 한스만큼은 다를 거라고 믿었다. 지금 느끼는 고통과 분노에 비하면 예전의 이유 없이 절절했던 슬픔은 우스울 따름이었다. 하일너는 창백하고 거만한 얼굴로 기벤라트 옆에 서서 낮은 목소리로 말했다.

"비열한 놈! 기벤라트, 넌 더러운 자식이야."

그러고서 하일너는 양손을 바지 주머니에 넣고 휘파람을 불면서 방에서 나갔다.

젊은 청춘들에게 할 일과 생각할 일이 많다는 것은 다행이다. 이 사건이 있고 며칠 뒤 많은 눈이 내렸고, 맑고 차가운 겨울 날씨가 계속되어 소년들은 눈싸움도 하고 스케이트도 탈 수 있었다. 크리스마스와 방학이 다가온다는 생각에 하일너의 일은 모두의 관심에서 사라지고 다들 크리스마스와 방학 이야기만 했다. 하일너는 반항하듯 고개를 똑바로 들고 오만한 얼굴로 조용히 돌아다녔다. 누구하고도 말하지 않고 가끔 수첩에 시를 적곤 했다. 검은색 초를 먹인 표지의 수첩에는 '어느 수도자의 노래'라는 제목이 적혀 있었다. 참나무와 오리나무, 개암나무, 수양버들에는 얼어붙은 눈과 서리가 이상한 모양으로 늘어져 있었다. 회랑의 한가운데 있는 마당은 조용했다. 방마다 축제 분위기에 들뜬 목소리가 흘러나왔다. 크리스마스를 기다리는 설렘은 항상 근엄한 표정을 짓고 있던 두 선생의 얼굴에도 부드러움과 흥분을 가져왔다. 선생들이나 학생들 가운데 크리스마스를 무심히 넘기는 사람은 아무도 없었다. 화를 내고 비참하게 보이던 하일너의 얼굴도 조금씩 부드러워졌다. 루치우스는 휴가 때 집에 가져갈 책과 신발을 생각했다. 집에서 오는 편지에는 가슴을 뛰게 하는 즐거운 내용이 담겨 있었다. 사랑하는 아들에게 소망을 물어보기도 하고, 빵 굽는 날이 언제인지 가르쳐주기도 했다. 곧 깜짝 놀랄 만한 일을 만들어주겠다는 내용도, 다시 만날 기쁨을 적은 내용도 있었다.

방학을 맞아 집으로 가기 전에 학생들, 특히 헬라스 방 소년들은 즐거운 추억을 만들었다. 방학을 앞둔 어느 날, 가장 큰 방인 헬라스 방에서는 선생들을 초대한 크리스마스 파티를 열 계획이었다. 학생들은 축하의 말과 낭독, 피리 독주와 바이올린 이중주를 준비했다. 뭔가 재미있는 순서도 있어야 해서 여러 의견이 나왔지만 좀처럼 의견이 모아지지 않았다. 그때 카를 하멜이 별 생각 없이 에밀 루치우스의 바이올린 연주가 가장 웃길 거라고 했고 모두 찬성했다. 그리고 온갖 방법을 동원해 애원도 하고 협박도 해서 결국 이 가련한 음악가 에밀 루치우스의 승낙을 받아냈다. 선생들에게 보내는 정식 초대장에는 다음과 같은 특별 프로그램이 소개되었다.

"고요한 밤, 왕실의 거장 에밀 루치우스가 선사하는 바이올린을 위한 가곡."

'왕실의 거장'이라는 호칭은 멀리 떨어진 음악실에서 열심히 연습한 덕분이었다.

교장과 선생들, 복습 지도 선생, 음악 선생, 수석 조교 등이 크리스마스 파티에 참석했다. 머리를 단정하게 자른 루치우스가 겸손하게 웃으며 조용히 등장하자 음악 선생은 이마에서 땀을 흘렸다. 루치우스는 하르트너한테서 빌린 검정색 연미복을 입고 있었다. 그가 인사하자 모두가 웃었다. 루치우스의 손가락 끝에서 가곡「고요한 밤」은 애절한 탄식이 되었다가 마침내 울부짖는 통곡으로 변했다. 루치우스는 연주를 두 번이나 처음부터 다시 시작했다. 멜로디를 부수기도 하고 끊기도 하고 발로 장단도 맞추면서 추운 겨울날의 나무꾼처럼 온 힘을 다해 연주했다.

교장은 너무나 화가 나서 얼굴이 새파랗게 질린 음악 선생을 즐거운 듯 바라봤다. 루치우스는 세 번째로 연주를 다시 시작하다가 결국 바이올린을 내리더니 이렇게 말했다.

"죄송합니다. 지난가을부터 바이올린을 시작해 아직 제대로 연주할 수 없었습니다."

교장이 큰 소리로 말했다.

"괜찮아, 루치우스. 네 노력이 중요한 거야. 계속 연습하렴. 험한 길을 지나야 별에 이르는 법이니까 말이야."

12월 24일에는 새벽 세 시부터 방마다 활기가 돌고 떠들썩했다. 유리창마다 나뭇잎 모양의 성에가 끼어 있었다. 세수하려고 떠놓은 물도 얼고, 수도원의 가운데 마당에는 살을 엘 듯 날카로운 찬바람이 불었지만 아무도 신경 쓰지 않았다. 커피를 끓이는 커다란 주전자에서 나오는 김이 식당 안을 가득 채웠다. 잠시 뒤 외투와 목도리로 감싼 학생들은 하얀 눈이 쌓여 빛나는 들판과 조용한 숲을 지나 저 멀리 떨어진 정거장으로 걸어갔다. 모두가 농담이 섞인 이야기를 주고받으며 큰 소리로 웃고 있었지만 각자의 마음속에는 소망과 즐거움 그리고 기대로 가득했다. 따뜻하고 화려하게 장식한 집에서 부모님과 형제자매들이 기다린다는 것을 알고 있었다. 대부분의 학생이 집을 떠나 있다가 크리스마스를 맞아 돌아가는 경험은 처음이었다. 가족들은 사랑과 자부심을 품고 그들을 기다렸다.

눈이 쌓인 숲 한가운데 있는 작은 역에서 모두가 기차를 기다렸다. 이렇게 다들 한마음이 되어 즐거웠던 적은 한 번도 없었다. 하일너만이 혼자서 침묵을 지켰다. 기차가 오자 그는 학생들이 모두 탄 뒤에 홀로 다른 칸으로 갔다. 한스는 기차를 갈아타다가 또 한 번 하일너를 보고 순간적으로 부끄러움과 후회를 느꼈다. 하지만 집에 간다는 흥분과 즐거움에 곧 다 잊어버렸다.

한스의 집은 만족스러운 웃음소리로 가득했다. 선물이 놓인 탁자도 기다리고 있었다. 하지만 크리스마스의 즐거움도, 노래나 축제의 감격스러움도 없었다. 어머니도, 전나무도 없었다. 게다가 한스의 아버지는 축제를 즐길 줄 몰랐다. 하지만 아들이 자랑스러워 이번에는 선물을 사는 데 돈을 아끼지 않았다. 한스도 크리스마스를 이렇게 보내는 데 익숙했기에 아무런 불만이 없었다.

마을 사람들은 한스의 얼굴색이 안 좋다는 둥 너무 마르고 얼굴이 창백하다는 둥 걱정했다. 수도원의 식사가 그렇게 형편없느냐고도 물었다. 한스는 가끔 머리가 아프지만 정말 잘 지낸다고 대답했다. 목사는 자기도 젊었을 때는 한스처럼 두통이 있었다고 위로했으며, 이로써 모든 걱정이 해결되었다.

크리스마스 축제날이 되자 스케이트를 타려는 사람들이 강으로 몰려들었다. 강물은 매끄럽게 잘 얼어 있었다. 한스는 새 옷을 입고 신학교 학생임을 나타내는 녹색 모자를 쓴 채 거의 종일 밖에서 지냈다. 이제 그는 다른 아이들과는 다른 존재였다. 모든 사람이 부러워하는 더 높은 세계로 진출한 것이다.

4장

지금까지의 경험으로는 신학교 학생들이 사 년을 보내는 동안 학년마다 한 명 또는 몇 명의 학생이 사라지는 것은 흔히 발생하는 일이었다. 때로는 세상을 떠난 학생이 있어 찬송가가 울리는 가운데 장례식을 치르기도 하고, 친구들에게 둘러싸여 고향으로 가기도 했다. 또 도망가는 학생이 있는가 하면 학칙에 어긋난 엄청난 죄를 짓고 퇴학당하는 학생도 있었다. 주로 고학년에서만 드물게 일어나는 일이지만 청춘의 고민으로 힘겨워하다가 권총을 사용하거나 물에 뛰어드는 방법으로 간단하게 어둠 속으로 사라지는 경우도 있었다. 한스 기벤라트의 학년에서도 두세 학생이 이런저런 이유로 학교를 그만뒀는데 이상하게도 모두 한스가 속한 헬라스 방이었다. 헬라스 방 학생들 가운데 힌딩거라는 금발의 소년이 있었다. 작고 얌전한 이 소년의 별명은 '힌두'였다. 그는 알고이 지방의 신앙공동체 마을에 사는 양복점 주인 아들이었다. 힌딩거는 평소에 조용한 편이라 그가 사라지고 나서야 이런저런 뒷이야기가 나왔지만 그다지 오래가진 않았다. 그는 구두쇠이자 궁정의 명악사인 루치우스 옆자리여서 다른 아이들보다 루치우스와 가깝게 지냈다. 헬라스 방의 학생들은 힌딩거의 존재가 없어진 뒤에야 그가 아주 착했으며, 싸움이 벌어질 때마다 피난처가 되어주었기에 자신들이 그를 좋아했다는 사실을 깨달았다.

1월 어느 날 힌딩거는 스케이트를 타러 가는 친구들 틈에 끼어 연못으로 갔다. 스케이트는 없었지만 친구들이 타는 모습을 구경하려 했던 것이다. 하지만 금방 추워져서 주변을 돌아다니기 시작했다. 그래도 소용이 없자 근처의 작은 호숫가까지 달려갔다. 그곳은 호수 밑바닥에서 따뜻한 물이 힘차게 솟아올라 물 위에만 살얼음이 얼어 있었다. 힌딩거는 갈대를 헤치고 호수 안쪽으로 들어갔다. 그의 몸집은 작고 가벼웠지만 살얼음이 깨져 그만 물에 빠지고 말았다. 그는 잠깐 허우적대며 살려달라고 외쳤지만 주변엔 아무도 없었고, 결국 어둡고 차가운 물속으로 가라앉고 말았다.

오후 두 시에 수업이 시작되고 나서야 비로소 사람들은 힌딩거가 사라진 사실을 알았다. 복습 지도 선생이 물었다.

"힌딩거 군은 어디 갔나?"

아무도 대답이 없었다.

"헬라스 방을 찾아봐라."

그러나 그곳에도 힌딩거는 없었다.

"지각인지도 모르겠구나. 힌딩거가 오지 않았지만 이만 수업을 시작하자. 74쪽 일곱 번째 구절을 할 차례지. 모두들 수업 시간을 철저히 지켜야 한다."

하지만 세 시가 되어도 힌딩거는 나타나지 않았다. 걱정이 된 선생은 교장에게 보고했고, 교장은 곧바로 교실로 달려와 학생들에게 몇 가지를 물어봤다. 그리고 학생 열 명과 조교, 복습 지도 선생에게 힌딩거를 찾아보라 시키고, 나머지 학생들은 받아쓰기를 연습하게 했다.

네 시가 되자 복습 지도 선생이 노크도 없이 교실로 들어와 교장에게 귓속말로 속삭였다.

교장이 모두에게 말했다.

"다들 주목해라."

학생들은 꼼짝도 하지 않고 마른침을 삼키며 다음 말을 기다렸다. 교장은 낮은 목소리로 계속 말했다.

"여러분의 친구 힌딩거가…… 연못에 빠진 것 같구나. 다들 힌딩거를 찾는 일을 도와야겠다. 마이어 선생님이 여러분을 지휘할 테니 모두 선생님 말씀에 따르고 각자 개인적인 행동은 하지 마라."

놀란 학생들은 수군거리면서 선생을 따라나섰다. 마을에서 몇몇 어른들도 밧줄과 판자, 장대를 들고 학생들과 합류했다. 날은 몹시 추웠고, 해는 점점 기울었다.

마침내 딱딱하게 굳은 소년의 시체가 발견되었다. 눈으로 덮인 동심초 위에 들것을 놓고 그 위에 시체를 눕혔다. 주변은 이미 깜깜해진 뒤였다. 학생들은 겁에 질린 새처럼 들것 주위에 서서 죽은 친구를 바라보며 파랗게 굳은 손가락을 문질러 댔다. 익사한 소년이 실린 들것을 앞세우고 눈 덮인 벌판을 걷기 시작하자 비로소 아이들의 억눌린 가슴에 전율이 흘렀다. 작고 약한 사슴이 자신을 노리는 적의 기척을 알아차린 것처럼 죽음이라는 존재가 무섭게 다가왔다.

슬픔에 젖은 학생들 사이에서 걷고 있던 한스 기벤라트 옆에는 예전에 친했던 하일너가 있었다. 두 사람은 울퉁불퉁한 들판에서 동시에 발을 헛디디다가 자신들이 나란히 걷고 있었음을 깨달았다. 죽음을 목격하고 강한 충격을 받으면서 잠시나마 이기적인 마음의 허무함을 느껴서인지 한스는 친구의 창백한 얼굴을 보자 마음이 괴로웠다. 한스는 하일너의 손을 잡으려고 했다. 하지만 하일너는 화가 난 듯 손을 뿌리치고 고개를 돌리더니 맨 뒷줄로 가버렸다.

모범생 한스는 괴로움과 부끄러움으로 눈물이 났다. 발을 헛디디며 얼어붙은 들판을 걸어가는 동안 추위로 파랗게 언 한스의 뺨 위로 끊임없이 눈물이 흘렀다. 그는 잊어버릴 수도 없고 아무리 후회해도 돌이킬 수 없는 죄와 태만이 있다는 사실을 깨달았다. 맨 앞에 높이 들려진 들것 위에 누운 사람이 양복점 주인의 어린 아들이 아니라 하일너 같았다. 그가 한스의 배신에 대한 고통과 분노를 품고 성적이나 시험, 성공이 아닌 양심의 깨끗함과 더러움을 평가 기준으로 삼는 다른 세계로 떠나가는 듯했다.

그러는 동안 일행은 국도에 도착했다. 그곳에서 수도원은 가까웠다. 수도원에 도착하자 교장과 선생들이 모두 문 앞에 서서 죽은 힌딩거를 맞이했다. 만약 힌딩거가 살아 있었다면 그런 식의 환영은 사양했을 것이다. 선생들은 평소와 전혀 다른 마음으로 죽은 학생을 바라봤다. 평소에 아무런 생각 없이 학생들에게 상처를 주면서도 그 순간만큼은 하나하나의 생명이나 청춘의 귀중함을 다시 돌이킬 수 없다는 걸 강하게 느꼈다.

그날 밤도 그리고 그다음 날도 온종일 눈에 보이지는 않지만 죽은 학생의 존재가 마치 마술을 부리듯 모든 행동과 말을 부드럽게 만들고 분위기를 가라앉혔다. 이때만큼은 싸움과 분노, 소란과 웃음도 사라졌다. 물의 요정이 사라져 파도도 일지 않고, 아무도 물속에서 살고 있지 않은 듯했다. 죽은 소년의 이야기를 할 때면 반드시 깍듯하게 성까지 붙여 이름을 불렀다.

죽은 사람을 '힌두'라는 별명으로 부르는 것은 실례라고 느꼈기 때문이다. 살아 있을 때는 눈에 띄지 않고 아무도 관심을 두지 않아 학생들 속에 조용히 묻혀 있던 힌두의 존재가 지금은 자신의 이름으로 커다란 수도원 전체를 지배하는 것이다

이틀 뒤 힌딩거의 아버지가 도착했다. 그는 아들이 누워 있는 방에서 몇 시간 동안 혼자 머물렀다. 그리고 교장과 차를 마시고 나서 그날 밤은 게스트하우스에서 보냈다.

다음 날 장례식을 치렀다. 관은 침실에 있었다. 알고이의 양복점 주인은 그 곁에 서서 모든 것을 지켜봤다. 몹시 마른 체격에 날카로운 인상의 그는 어디로 보나 틀림없는 양복점 주인이었다. 그는 초록빛이 감도는 검정색 프록코트와 초라한 바지를 입고 예식용 모자를 들고 있었다. 그의 작고 야윈 얼굴은 바람 속에 켜놓은 1크로이처짜리 촛불처럼 근심스럽고 슬프고 가냘픈 느낌을 주었다. 힌딩거의 아버지는 교장과 다른 선생들에게 존경을 표하며 어쩔 줄 몰라 했다.

인부들이 관을 들어 올리려는 순간 슬픔에 잠긴 양복점 주인이 한 걸음 앞으로 다가섰다. 그는 눈물을 참으면서 조용하고 커다란 방 한가운데에 마치 겨울날의 고목처럼 서 있었다. 그 모습이 너무나 적막하고 허전하고 초라했기에 보는 사람도 마음이 아팠다. 목사가 다가와 손을 잡았다. 관이 나가자 양복점 주인은 이상하게 휘어진 실크 모자를 쓴 채 바로 뒤에서 계

단을 내려가고 수도원 뜰을 지나갔다. 그리고 낡은 문을 나가 눈 쌓인 하얀 들판을 지나고 낮은 묘지 담장을 향해 걸어갔다. 묘지 앞에서 지휘를 하던 음악 선생은 노래를 부르는 학생들이 자신의 손을 보지 않고 키 작은 양복점 주인의 초라한 모습만 바라보자 화를 냈다. 양복점 주인은 추위와 슬픔에 떨면서 머리를 숙이고 있다가 목사와 교장, 학생회장의 추도사를 듣거나 합창단을 물끄러미 바라보며 고개를 끄덕였다. 가끔 윗옷 주머니에 넣어둔 손수건을 더듬었지만 꺼내지는 않았다.

"나는 그때 저분 자리에 우리 아버지가 계신다면 어떤 기분일까 하는 생각이 저절로 들더라."

나중에 오토 하르트너가 이렇게 말하자 모두 "나도 그런 생각을 했는데"라고 입을 모았다.

장례식이 끝나고 교장과 힌딩거의 아버지는 헬라스 방으로 왔다. 교장이 물었다.

"죽은 학생과 특별히 친하게 지내던 사람이 누구니?"

처음에는 아무도 대답하지 않았다. 힌두의 아버지는 불안한 듯 애처롭게 어린 소년들을 바라봤다. 그때 루치우스가 나섰다. 힌딩거 씨는 루치우스 손을 덥석 잡았다. 잠시 아무 말도 하지 않고 손만 꼭 잡고 있던 아버지는 고개를 끄덕이고는 방을 나갔다. 힌딩거 씨는 곧바로 집으로 출발했다. 아들 힌딩거가 외로운 곳에 잠들어 있다는 것을 아내에게 알려주려면 기차를 타고 온종일 눈 덮인 들판을 지나가야 했기 때문이다.

이 사건이 있고 며칠 지나자 수도원을 덮고 있던 마력은 사라졌다. 선생들은 다시 잔소리를 시작하고, 학생들이 문 닫는 소리도 거칠어졌다. 헬라스 방의 사라진 소년은 모두의 기억 속에서 잊혀갔다. 슬픈 일이 일어났던 호숫가에서 오랫동안 서 있느라 어떤 소년은 감기에 걸려 병실에 누워 있거나, 어떤 소년은 털실로 짠 슬리퍼를 신고 목에 머플러를 두른 채 다니기도 했다. 한스 기벤라트는 목이나 다리가 아프진 않았지만 그 불행한 날 이후로 더욱 침울해지고 나이 들어 보였다. 그의 마음속에서 어떤 변화가 일어났다. 소년에서 청년이 된 것이다. 한스의 마음은 다른 세계로 옮겨가 불안정한 상태로 자신이 머물 곳을 찾아 헤매고 있었다. 그것은 죽음에 대한 공포나 착한 힌두에 대한 안타까운 마음 때문이 아니었다. 갑자기 하일너에게 느끼게 된 죄의식 때문이었다.

하일너는 다른 두 학생과 병실에 누워 뜨거운 차를 마시며 쉬고 있었다. 힌딩거의 죽음으로 충격받은 마음을 추스르고 앞으로의 일을 계획하며 시간을 보낼 수 있었지만 그는 그렇게 하지 않았다. 오히려 병색이 더 짙어진 얼굴로 같이 있는 학생들과도 거의 말을 하지 않았다. 그는 가둬지는 벌을 받은 이후로 더욱 외로워졌다. 그 때문에 감수성이 풍부하고 누군가와 끊임없이 말을 해야 하는 그의 마음에 상처를 입어 거칠어진 것이다. 선생들은 하일너를 과격한 불평분자로 여겨 그의 모든 행동을 감시했다. 학생들은 모두 하일너를 피했고, 조교들은 친절한 척하면서도 그를 조롱했다. 그럴수록 하일너는 자신을 압박하고 굴종할 것을 강요하는 현실이 아닌 힘차고 웅대한 세계를 보여주는 셰익스피어나 실러, 레나우에 더욱 몰두했다. 하일너의 '어느 수도자의 노래'는 처음에는 은둔자가 내뱉는 음울한 어조뿐이었지만 차츰 수도원이나 선생, 동급생에 대한 증오에 찬 구절로 변했다. 그는 고독 속에서 짜릿한 순교자의 쾌감을 발견했다. 오히려 남들이 자신을 이해하지 못하는 데 만족하고, 가혹하리만치 모멸적으로 시를 쓰면서 스스로 작은 유베날리스(Decimus Junius Juvenalis, 고대 로마의 풍자시인—옮긴이)라도 된 것처럼 여겼다.

장례식이 끝나고 일주일이 지나자 같이 누워 있던 두 학생은 각자의 방으로 돌아갔다. 하일너만 아직 병실에 남아 있는데 한스가 찾아왔다. 한스는 어색하게 인사한 뒤 침대 옆에 의자를 놓고 앉았다. 그러고는 친구의 손을 잡으려 했다. 하일너는 불쾌한 듯 무뚝뚝한 표정을 지으며 벽 쪽으로 돌아누웠다. 그러나 한스는 다시 하일너의 손을 꼭 잡고 예전에는 친구였던 그의 얼굴을 억지로 자기 쪽으로 돌리려 했다. 하일너는 입술을 비틀면서 화를 냈다.

"도대체 왜 이러는 거야?"

한스는 하일너의 손을 놓지 않고 말했다.

"내 말 좀 들어봐. 나는 그때 비겁하게 너를 배신했어. 하지만 내가 어떤 생각을 했는지 너도 잘 알 거야. 나는 신학교에서 우수한 성적을 받고 1등도 할 거라고 굳게 결심했지. 그때 너는 그 모든 게 다 쓸데없는 거라고 했어. 나도 그렇게 생각해. 하지만 그건 내 유일한 이상이었어. 그때까지 나는 그것보다 더 중요한 게 있으리라고는 생각하지 못했거든."

하일너는 눈을 감았다. 한스는 낮은 목소리로 계속 이야기했다.

"정말 미안해. 네가 나를 다시 친구로 받아줄지 모르겠지만 어쨌든 용서해줘."

하일너는 눈을 감은 채 아무 말도 하지 않았다. 이미 그의 착하고 밝은 마음은 친구를 향해 웃고 있었다. 하지만 요즘 들어 계속 쌀쌀한 척하고 있어서 가면을 그렇게 빨리 벗을 수는 없었다. 한스는 포기하지 않았다.

"제발, 하일너! 이렇게 너 때문에 고민하고 방황하느니 차라리 꼴찌가 되는 편이 낫겠어. 너만 좋다면 우리 다시 친구가 되자. 그리고 우리는 다른 아이들 없이도 잘 지낼 수 있다는 걸 보여주자."

그제야 하일너는 친구의 손을 꼭 잡으면서 눈을 떴다.

이삼 일이 지나고 하일너도 병실에서 나왔다. 다시 돌아온

이 우정 때문에 수도원은 흥분의 도가니가 되었다. 두 소년에게는 놀라운 날들이 시작되었다. 특별히 이렇다 할 사건이 있는 건 아니었지만 그들은 둘이 함께한다는 특별한 행복감과 배려심으로 가득 차 있었다. 예전과 달라진 점도 있었다. 한스는 더욱 따뜻하고 온화하고 열정적으로 변했으며, 하일너는 더욱 힘차고 남성적으로 변했다. 두 소년은 떨어져 있는 동안에도 서로 그리워했기에 다시 함께하는 것이 얼마나 큰 경험이자 소중한 선물인지 잘 알았다.

조숙한 이 두 소년은 우정을 서로 나누며 가슴 두근거리는 설렘과 첫사랑의 미묘한 신비스러움을 경험하고 있었던 것이다. 여기에는 성숙한 남자의 거친 매력도 있었다. 그리고 동급생 전체를 향한 반항심도 있었다. 모든 소년에게 하일너는 도저히 친해질 수 없는 아이, 한스는 이해할 수 없는 아이였다. 다른 소년들의 우정은 아직은 순박한 소년들의 장난일 뿐이었다.

우정이 깊어지고 거기서 오는 행복에 집착할수록 한스는 학교와 멀어졌다. 새로 경험하는 행복감은 신선한 포도주처럼 한스의 피와 사상을 끓어오르게 했다. 그와 동시에 리비우스와 호메로스는 중요성과 빛을 잃었다. 선생들은 지금까지 모범생이었던 기벤라트가 도무지 알 수 없는 아이가 되고 하일너한테서 나쁜 영향을 받자 깜짝 놀랐다. 무엇보다도 조숙한 소년한테서 나타나는 특이한 현상을 걱정했다. 하일너는 이미 선생들에게 뭔가 마음에 들지 않는, 천재적인 기질을 지닌 학생으로 낙인찍혀 있었다. 예전부터 천재와 선생들 사이에는 변하지 않는 심연이 존재했다. 선생들은 학교에 천재가 나타나는 것을 좋아하지 않았다. 그들에게 천재란 선생을 존경하지 않고, 열네 살에 담배를 피우기 시작하고, 열다섯 살에 연애를 하고, 열여섯 살에는 가지 말라는 술집에 들락거리고, 금지된 책을 읽고, 대담한 글을 쓰는 존재다. 때로는 선생들을 조롱하듯 바라보고, 일기장에 온갖 선동적이고 위험한 글을 써서 감금당할 짓을 하기도 한다. 학교 선생은 자신이 맡은 반에 천재 하나가 오는 것보다는 바보 열이 오기를 바란다. 생각해보면 당연한 것일 수 있다. 선생의 임무는 평범한 일상의 규칙에서 벗어나는 사람이 아니라 라틴어와 계산에 능숙하고 성실한 사람을 양성하는 것이기 때문이다. 그렇다면 이런 경우에 어느 쪽이 더 고통스러울까! 선생이 학생한테서 고통을 받을까 아니면 그 반대일까. 둘 가운데 어느 쪽이 더 폭군이며, 어느 쪽이 더 고통을 받는 존재일까. 어느 쪽이 상대의 마음과 삶에 상처를 줄까. 이런 생각을 하다 보면 사람들은 모두 불쾌한 기분이 들어 분노와 부끄러움을 느끼며, 자신의 젊은 시절을 돌아볼 것이다. 하지만 우리가 상관할 바는 아니다. 다행히도 그들이 진짜 천재라면 대부분 마음의 상처 정도는 쉽게 치유하고, 학교 따위에 신경 쓰지 않고 훌륭한 작품을 남길 것이다.

그리고 죽은 다음에는 저 멀리서 비치는 후광을 입고 오랜 시간 후대의 선생들을 거쳐 대단하고 뛰어난 인물로 인용될 것이다. 이처럼 규칙과 정신의 대결은 학교에서 학교로 되풀이해서 벌어진다. 우리는 국가와 학교가 매년 등장하는, 몇 안 되지만 보통 사람들보다 훨씬 더 깊고 뛰어난 정신의 싹을 잘라버리려고 혈안이 되는 모습을 보곤 한다. 학교 선생의 사랑을 받지 못한 학생, 벌을 받거나 쫓겨난 학생이 나중에는 사람들에게 더 인정받고 성공한다. 그 반면 마음속에서 일어나는 반항심으로 자기 자신을 소모하고 파멸에 이르는 사람도 많다. 얼마나 많은 아이들이 그렇게 되는지 누가 알겠는가?

두 젊은이가 오랜 전통을 지닌 훌륭한 학교의 규칙에 위배된 행동을 한다고 여겨지는 순간 사랑 대신 가혹한 벌이 늘어났다. 다만 히브리어를 가장 열심히 공부하던 한스를 자랑스러워하는 교장은 말도 안 되는 해결책을 내놓았다. 교장은 한스를 자신의 사무실로 불렀다. 그곳은 예전에 수도원장이 살던 아름다운 구석방이었는데, 근처에 사는 크니틀링겐 출신의 파우스트 박사가 이곳에서 엘핑거 포도주를 마셨다고 한다. 교장은 뛰어난 인물이었다. 식견과 실무 능력을 갖췄을 뿐 아니라 학생들에게 따뜻한 호의를 품고 있었다. 그는 학생들을 '제군들'이라고 불렀다. 교장의 큰 결점은 자부심이 지나치게 강한 것이었다. 이 자부심 때문에 교단에서 종종 아슬아슬하게 행동할 때도 있었다. 교장은 자신의 세력이나 권위가 의심당하는 것을 참지 못해 어떤 반대 의견도 받아들이지 못했으며, 실수를 저질러도 인정하려 하지 않았다. 그래서 능력이 없거나 정직하지 못한 학생들과는 잘 지냈지만 그렇지 않은 학생들과는 잘 지내지 못했다. 그의 의견에 조금이라도 반대하면 올바른 판단력을 잃고 바로 화를 냈기 때문이다. 교장은 다른 생각을 하지 못할 정도로 학생들의 눈을 똑바로 바라보면서 아버지가 아닌 친구처럼 다정하게 대화하는 데 선수였다. 지금도 그는 그런 방법을 사용했다.

"거기 앉게, 기벤라트 군."

교장은 머뭇거리며 들어오는 소년의 손을 꼭 잡고 다정하게 말했다.

"내가 이야기하고 싶은 게 있네. 너라고 불러도 되겠지?"

"예, 교장선생님."

"너도 요즘 성적이, 특히 히브리어 성적이 조금 떨어진 걸 느꼈겠지. 지금까지 히브리어는 항상 1등이었는데 갑자기 성적이 떨어지니 걱정돼서 말이야. 혹시 히브리어에 흥미를 잃은 건 아니니?"

"그렇지 않습니다, 교장선생님."

"잘 생각해보렴! 그런 일은 언제든지 일어날 수 있단다. 다른 과목에 더 집중한 건 아니니?"

"아닙니다, 교장선생님."

"그래? 다행이구나. 그렇다면 원인을 다른 데서 찾아봐야겠군. 함께 그 원인을 찾아볼까?"

"왜 그런지 저도 잘 모르겠습니다. 숙제도 꼬박꼬박 다 했습니다."

"물론 그랬지. 그렇지만 같은 형제라도 바보가 있고 천재가 있는 법이야. 너는 숙제를 항상 잘해왔지. 그건 바로 네 의무이기도 하고 말이야. 하지만 예전에는 훨씬 더 열정적으로 공부했지. 관심도 많았고. 그런데 왜 갑자기 그런 열의가 식었는지 알고 싶구나. 혹시 어디 아픈 거니?"

"아닙니다."

"아니면 두통이 있니? 언뜻 보기에도 네가 그리 건강해 보이지는 않는데."

"가끔 머리가 아프기는 합니다."

"공부를 너무 많이 하는 건 아닌가?"

"전혀 그렇지 않습니다."

"그럼 혼자 읽는 책이라도 있는 거니? 솔직하게 말해봐라."

"아닙니다, 교장선생님. 저는 교과서 말고는 거의 독서를 하지 않습니다."

"그렇다면 기벤라트, 네가 성적이 떨어지는 이유를 잘 모르겠구나. 하지만 분명 무슨 이유가 있을 거야. 어쨌든 앞으로도 계속 열심히 노력하겠다고 약속할 수 있겠지?"

교장이 오른손을 내밀었고 한스는 그 위에 자신의 손을 올렸다. 교장은 부드러운 눈길로 한스를 바라봤다.

"그래, 하지만 너무 힘들어 지쳐버리면 안 된다. 그러면 수레바퀴 밑에 깔리게 될 테니까."

교장은 한스의 손을 꼭 잡았다. 한스는 안도의 한숨을 내쉬며 문 쪽으로 걸어갔다. 그때 교장이 다시 한스를 불렀다.

"하나 더 묻겠네, 기벤라트 군. 요즘 헤르만 하일너와 친하게 지낸다고?"

"예, 정말 친합니다."

"다른 아이들보다 하일너와 더 친한가?"

"예, 아주 가까운 친구가 되었습니다. 저와 하일너는 절친한 사이입니다."

"어떻게 두 사람이 친하게 되었지? 자네들은 성격이 전혀 다른데 말이야."

"그건 저도 잘 모르겠습니다. 그저 저희는 친구일 뿐입니다."

"내가 네 친구를 별로 좋아하지 않는다는 건 잘 알고 있겠지. 하일너는 침착하지도 못하고 불평불만이 많은 아이야. 머리는 좋을지 몰라도 게으르고 너한테도 그리 좋은 영향을 끼치지 않을 거야. 그래서 하일너와는 더는 어울리지 않았으면 하는데, 네 생각은 어떠니?"

"그럴 수 없습니다, 교장선생님."

"그럴 수 없다고? 이유가 뭐지?"

"하일너는 제 친구이기 때문입니다. 친구를 쉽게 버릴 수는 없습니다."

"그래, 하지만 다른 친구를 사귈 수도 있지 않겠나? 하일너 때문에 나쁜 물이 드는 학생은 너뿐이야. 그 결과가 이미 나타나고 있잖니. 대체 하일너의 어떤 점이 좋은 거냐?"

"그건 잘 모르겠습니다. 하지만 저희는 아주 친한 친구입니다. 친구를 버린다는 건 비겁한 일이라고 생각합니다."

"그래, 알겠군. 강요하지는 않겠네. 그렇지만 하일너한테서 조금씩 멀어지기를 바라네."

교장의 마지막 말에서는 처음의 온화함이 사라졌다. 한스는 교장실에서 나왔다.

그때부터 한스는 공부에 더욱 몰두했다. 물론 예전처럼 쉽지 않았고 간신히 따라갈 정도였다. 그렇게 된 이유는 하일너와의 우정 때문임을 잘 알고 있었다. 하지만 그래서 손해를 봤다고는 생각하지 않았다. 오히려 하일너와의 우정은 이제까지 소홀히 여겼던 것들을 보상해주는 보물 같았다. 그것은 무의미하고 건조하고 의무적인 일상이 아니라 따뜻하고 좀 더 승화된 삶이었다. 그는 마치 사랑에 빠진 젊은이와도 같았다. 위대하고 영웅적인 행위에만 관심이 가고, 지루하고 하찮은 일에는 시들해졌다. 한스는 내용을 슬쩍 보고 꼭 필요한 부분만 재빨리 암기하는 하일너의 재주를 따라갈 수 없었다. 하일너는 보통 저녁 무렵 쉬는 시간에 찾아왔다. 그래서 한스는 매일 아침 한 시간씩 일찍 일어나 마치 전투라도 벌이듯 비장한 각오로 히브리어 문법을 공부했다. 하지만 정말로 재미있는 과목은 호메로스와 역사였다. 한스는 어둠 속에서 뭔가를 찾는 듯한 느낌으로 호메로스를 공부했다. 역사 시간에 배우는 영웅들이 이름이나 연대로만 머물지 않았다. 거기서 더 나아가 한스는 마치 살아 있는 사람처럼 불타는 눈과 붉은 입술을 가진 영웅들을 느낄 수 있었다. 그들 가운데는 돌처럼 조용하고 서늘한 손, 맥이 약하고 가늘지만 뜨거운 손을 가진 이들도 있었다.

그리스어 원문으로 복음서를 읽을 때도 가끔 그 속에 등장하는 인물들이 직접 눈앞에 느껴져 놀라기도 했다. 특히 마가복음 6장에서 예수가 제자들과 배를 버리는 장면에서는 압도당하는 느낌을 받았다. "그들이 배에서 내리니 사람들이 곧 예수를 알아보고 그 온 지방을 뛰어다니면서"라는 구절을 읽으며 한스도 배에서 내리는 그리스도를 알아볼 수 있었다. 모습이나 얼굴 때문이 아니었다. 사랑의 빛으로 가득 찬 깊은 눈과 섬세하지만 강한 영혼이 담겨 있는 듯한 우아하고 아름다운 갈색 손, 그 손을 흔들어 환영하는 듯한 몸짓을 보고 알 수 있었다. 그 순간 파도가 몰려오는 바닷가와 커다란 배가 눈앞에 나타났다가 하얀 입김처럼 재빨리 사라졌다.

가끔 그런 일이 일어났다. 책 속의 인물이나 역사 속 사건이 실제 모습을 보여주려는 듯 한스의 눈앞에 나타나곤 했다.

한스는 이를 받아들이면서도 이상한 생각이 들었다. 어떤 장면들이 갑자기 나타났다가 또 느닷없이 사라지는 현상을 경험하면서 마치 자신이 검은 대지를 투명하게 들여다보고 있거나 신이 자신을 발견해 바라보고 있는 것 같았다. 스스로 이상하게 변한 듯했다.

이런 현상은 예상하지 않은 순간에 찾아왔다가 뭐라 말할 틈도 없이 사라져버리곤 했다. 그것은 친숙한 손님 같지만 순례자처럼 엄숙하고 낯선 기운이 감싸고 있어 함부로 말을 걸거나 붙잡을 수 없었다.

한스는 이런 경험을 아무에게도 말하지 않았다. 심지어 하일너에게도 알리지 않았다.

하일너는 예전의 우울했던 기분이 주변에 대한 신랄한 비난으로 바뀌어 수도원이나 선생들, 친구들은 물론 날씨나 인간, 신의 존재까지도 가리지 않고 비난했다. 때로는 싸움을 벌이거나 엉뚱하고 바보 같은 짓을 저지르기도 했다. 그는 예전에 한 번 고립되면서 다른 학생들과 대립한 경험이 있기에 아무렇지 않은 듯 자부심까지 느끼며 그때의 대립 관계를 완전히 적대 관계로 만든 것이다. 그리고 기벤라트는 자신의 의지와는 상관없이 그 속에 들어가게 되었다. 이렇게 해서 두 소년은 다른 학생들이 반감을 느끼고 바라보는, 마치 섬처럼 동떨어진 존재가 되어버렸다. 한스는 점점 이런 상황을 아무렇지도 않게 받아들였지만 교장을 생각하면 여전히 불안했다. 교장은 한때는 애제자였던 한스를 더는 걱정하지 않고 일부러 무심하게 대했다. 한스는 교장이 가르치는 히브리어에 갈수록 흥미를 잃었다.

성장이 늦은 몇몇을 빼고 불과 몇 개월 사이에 사십 명의 학생이 몸과 마음이 자란 모습을 보는 것은 흥미로운 일이었다. 많은 소년이 교복 밖으로 손목과 발목을 드러내고 다녔다. 아이들의 키와 같이 자라지 못한 교복 때문이었다. 소년들의 얼굴에서도 아이다움이 사라지면서 어른다운 모습이 수줍게 피어났다. 몸집에서는 아직 사춘기 징후가 나타나지 않은 소년들도 모세를 공부할 때는 이마에 어른의 진지함이 엿보였다. 볼이 통통한 소년은 이제 찾아보기 어려웠다.

한스도 변했다. 몸집도 하일너만큼 자랐고 오히려 더 나이 들어 보이기까지 했다. 예전에 부드럽고 투명하던 이마의 선이 뚜렷하게 눈에 띄었다. 눈은 더 들어가고 얼굴색이 창백해졌으며 팔다리나 어깨는 뼈가 드러날 만큼 앙상하게 말랐다.

한스는 생각만큼 성적이 오르지 않아 불만이 쌓일수록 하일너의 영향을 받아 다른 아이들과 관계를 끊어버렸다. 이미 모범생이 아닌 그가 앞으로 1등을 차지해 다른 동급생들을 내려다볼 가능성은 사라졌기에 거만한 행동은 어울리지 않았다. 하지만 다른 아이들이 그렇게 생각하고, 그 때문에 스스로 괴로워한다는 것은 더욱 견딜 수 없는 일이었다. 특히 모범생 하르트너나 건방진 벵거와는 자주 다툼이 일어났다. 어느 날 벵거가 자신을 놀리고 화나게 하자 한스는 자제력을 잃고 주먹을 날렸다. 둘은 치열하게 싸웠다. 벵거는 비겁한 아이였지만 아주 약한 상대와의 싸움에는 자신이 있었다. 그는 사정없이 때리면서 달려들었다. 하일너는 그 자리에 없었다. 다른 학생들은 한스가 얻어맞는 것을 바라보며 통쾌해했다. 심하게 얻어맞은 한스는 코피를 흘렸고 갈비뼈 하나하나가 다 쑤셨다. 수치심과 아픔, 분노 탓에 잠도 잘 수 없었다. 하일너에게는 말하지 않았지만 이때부터 한스는 다른 아이들과 관계를 끊고 거의 말도 하지 않았다.

봄이 되었다. 점심시간이나 일요일에도 비가 내리고 해가 길어졌다. 수도원 생활에도 새로운 움직임이 일어나면서 새 모임이 만들어졌다. 피아노를 잘 치는 아이와 플루트를 잘 부는 아이가 있는 아크로폴리스 방에서는 정기적으로 음악의 밤을 열었다. 게르마니아 방에서는 희곡 읽기 모임과 젊은 경건주의자들의 성서 모임을 만들었다. 성서 모임에서는 매일 밤

주석을 단 칼프 성서(Calverbibel, 1849년에 출간된 성경 해설집 — 옮긴이)를 한 단원씩 읽어나갔다.

하일너는 게르마니아 방의 희곡 읽기 모임에 들어가려고 했지만 거절당했다. 몹시 기분이 상한 그는 반발심으로 성서 모임에 지원했다. 거기서도 그는 환영받지 못했지만 억지로 밀고 들어갔다. 그러고는 대담한 주장과 신을 야유하는 행동으로 회원들의 조용하고 진지한 토론을 방해했다. 그의 이런 행동은 모임에 분란과 논쟁을 불러일으켰다. 하일너도 이런 풍자놀이가 별로 재미없었지만 성서를 야유하는 말버릇은 오래도록 남아 있었다.

이제 아무도 하일너를 거들떠보지 않았다. 모두들 뭔가를 기획하고 만들어내는 일에 몰두했다. 가장 화제가 된 인물은 재능과 재치를 갖춘 스파르타 방의 한 소년이었다. 그 소년은 첫째로 개인적인 명성을 얻는 게 목적이었다. 그다음 온갖 즐거운 장난을 치면서 단조로운 학교생활에 활력을 불어넣으려고 했다. 별명이 '둔스탄'이었던 그 소년은 인기와 명성을 얻을 만한 기발한 생각을 떠올렸다.

어느 날 아침, 학생들이 씻으러 나왔을 때 세면장 앞에 종이 한 장이 붙어 있었다. '스파르타에서 온 여섯 가지 경구'라는 제목 아래 몇몇 학생의 폭행과 악행, 우정 관계 등을 신랄하게 비판한 이행시가 적혀 있었다. 기벤라트와 한스의 이야기도 있었다. 작은 사회에서 한바탕 소동이 일어났다. 세면장 앞은 극장 입구처럼 학생들이 몰려와 바글거렸다. 그다음 날 아침에는 방문마다 찬반론을 비롯해 새로운 공격을 담은 경구와 풍자시들이 나붙었다. 하지만 소동의 장본인은 더는 이런 일에 끼어들 바보가 아니었다. 그는 곳간에 불씨를 던지려던 처음의 목적을 이미 달성했으므로 기쁨에 겨워 손을 비비며 바라봤다. 거의 모든 학생이 며칠 동안 이 풍자시 전쟁에 참여했다. 걸음을 걸을 때도 모두 이행시를 짓느라 생각에 잠겼다. 이런 소동에도 개의치 않고 묵묵히 공부에만 열중하는 학생은 루치우스뿐이었다.

마침내 한 선생이 이런 분위기를 눈치채고 소란스러운 장난을 금지했다. 하지만 교활한 둔스탄은 여기에 만족하지 않고 그동안 새로운 일을 준비했다. 작은 종이를 복사해 신문을 발행한 것이다. 1호에는 몇 주 동안 자신이 수집한 자료들을 실었다. 「호저(온몸이 부드러운 털과 뻣뻣한 가시털로 덮인 쥐목의 포유류 – 옮긴이)」라는 이름의 이 신문은 주로 풍자를 다루었다. 그중에서 『여호수아서』의 저자와 마울브론 신학교 학생이 나눈 가상의 대화가 가장 뛰어난 기사였다.

신문은 큰 성공을 거뒀다. 둔스탄은 몹시 바쁜 편집자이자 발행인다운 표정과 몸짓으로 마치 베네치아공화국의 유명한 아레티노(이탈리아 시인이자 풍자 문학가인 피에트로 아레티노를 말한다 – 옮긴이)처럼 수도원 안에서 온갖 명성과 비난을 함께 얻었다.

헤르만 하일너는 적극적으로 편집에 참여하며 둔스탄과 함께 날카로운 검찰관 역할을 맡아 학생들을 놀라게 했다. 하일너는 그런 일에 어울리는 기지와 독한 근성이 있었다. 이 작은 신문은 거의 한 달 동안 수도원 전체를 긴장시켰다. 한스는 하일너가 하는 일에 전혀 간섭하지 않았다. 그가 하는 일을 함께 하고 싶지도 않고 또 그럴 재주도 없었다. 심지어 처음에는 하일너가 저녁마다 스파르타 방에서 지내는 것조차 눈치채지 못할 정도였다. 다른 일에 정신이 팔려 있어서였다. 한스는 온종일 넋을 잃은 채 돌아다녔고 공부에도 흥미를 잃었다.

어느 날 리비우스 시간에 일이 터졌다. 선생이 자리에서 일어나 번역을 해보라고 시켰는데 한스는 그냥 앉아만 있었던 것이다.

"내 말이 안 들리나? 왜 대답을 안 하는 건가?"

선생이 화를 내며 소리쳤지만 한스는 꼼짝도 하지 않았다. 한스는 의자에 바르게 앉아 머리를 숙인 채 눈을 절반쯤 감고 있었다. 자신을 부르는 소리에 정신이 들었지만 그 소리는 멀리서 들려오는 것처럼 아련하게 들렸다. 한스는 옆자리에 앉은 아이가 자신의 몸을 흔드는 것을 느꼈지만 여전히 움직이지 않았다. 마치 다른 사람들과 함께 다른 곳에 있는 듯했다.

누군가 물소리처럼 깊고 부드러운 목소리로 아주 가까운 곳에서 낮게 속삭이며 말을 걸었다. 그리고 많은 눈이 그를 보고 있었다. 예지력이 넘치는 낯설고 커다란 그 눈들은 리비우스의 작품에 나오는 로마 군중의 눈이었다. 어쩌면 꿈에서 봤거나 언젠가 그림에서 본 것 같은 눈이었다.

선생이 다시 소리쳤다.

"기벤라트! 자고 있나?"

눈을 뜬 한스는 놀라서 선생을 바라보며 고개를 저었다.

"자고 있었구나. 그렇지 않다면 우리가 어느 문장을 읽고 있었는지 알겠지?"

한스는 손가락으로 그 문장을 가리켰다. 어디를 공부하는지 알고 있었던 것이다. 선생은 나무라듯 말했다.

"자, 그럼 일어나서 대답해야지?"

한스가 자리에서 일어났다.

"도대체 뭐하고 있는 거냐? 날 봐라."

한스는 선생을 쳐다봤다. 하지만 한스의 눈초리가 마음에 들지 않았는지 선생은 고개를 흔들었다.

"어디가 아프냐, 기벤라트?"

"아닙니다, 선생님."

"그래, 알았다. 수업이 끝나면 내 방으로 오너라."

한스는 리비우스의 책 위에 엎드렸다. 무슨 일이 벌어졌는지 이제는 다 알 수 있었다. 하지만 마음의 눈은 아직도 그 많은 낯선 사람들을 바라보고 있었다. 그 광경에서 천천히 눈을 돌려 자신에게 집중하려고 노력하자 그들은 서서히 사라졌다. 동시에 선생의 목소리와 번역하고 있는 학생의 목소리 그리고 교실의 작은 소음까지 확실하게 들리기 시작했다. 의자와 교단, 칠판도 보였다. 나무로 만든 커다란 컴퍼스와 삼각자가 걸린 벽도 보이고, 같은 반 친구들의 얼굴도 보였다. 그들은 대부분 호기심에 찬 눈으로 한스를 바라보고 있었다. 한스는 갑자기 깜짝 놀랐다. "수업이 끝나면 내 방으로 오너라" 하는 소리가 들렸기 때문이다. 이런! 도대체 무슨 일이 일어난 걸까. 수업이 끝나자 선생은 한스에게 따라오라는 눈짓을 했다. 한스는 자신을 빤히 바라보는 친구들 사이를 지나 선생을 따라갔다.

"자, 이제 도대체 왜 그랬는지 말해봐라. 졸고 있었니?"

"아닙니다, 선생님."

"그렇다면 이름을 불렀는데 왜 일어나지 않았지?"

"저도 잘 모르겠습니다."

"졸지 않았다면 내 목소리가 들리지 않았니? 귀가 잘 안 들리니?"

"아닙니다, 들렸습니다."

"그런데 왜 일어나지 않았지? 눈빛도 이상하고. 대체 무슨 생각을 하고 있었던 거냐?"

"아무 생각도 하지 않았습니다. 저는 일어서려고 했습니다."

"그렇지만 안 일어났잖아? 어디가 아픈 것 같구나."

"그건 아닙니다. 하지만 왜 그랬는지 저도 모르겠습니다."

"머리가 아프니?"

"아닙니다."

"그래 알았다. 그만 돌아가거라."

식사 시간이 되기 전에 선생은 다시 한스를 불렀다. 교장과 마을에서 온 의사가 함께 있었다. 의사는 한스에게 여러 가지를 자세히 물어보고 진찰했지만 이상한 점은 발견하지 못했다. 의사는 별일 아니라고 생각하면서 미소를 지었다. 의사가 웃으면서 말했다.

"학생이 좀 예민해진 듯합니다, 교장선생님. 일시적으로 신경이 쇠약해져 조금 어지러워서 그랬을 겁니다. 이 학생은 매일 바깥에 나가 바람을 쐴 필요가 있습니다. 두통을 낫게 해줄 물약을 처방하겠습니다."

이제 한스는 매일 식사가 끝나면 한 시간씩 학교 밖으로 나갈 수 있었다. 한스는 이 처방이 아주 마음에 들었다. 하지만 하일너와 함께 나가는 것은 교장이 완강하게 반대했다. 하일너는 몹시 화를 냈지만 따를 수밖에 없었다. 한스는 혼자 나가는 게 그리 싫지만은 않았다. 이른 봄날이었다. 예쁘고 둥그런 언덕에 초록색 싹들이 피어나는 모습을 보면 마치 잔잔한 파도가 몰려오는 듯했다. 갈색 그물을 뒤집어쓴 것 같은 차가운 모습의 겨울나무들도 이제 막 새로 피어나는 잎들을 흔들고 있었다. 이런 푸르른 물결이 온 산과 들판을 뒤덮었다.

라틴어 학교에 다닐 때는 이런 봄의 모습을 찬찬히 관찰하기도 했다. 어떤 새들이 돌아오고 무슨 꽃들이 피어나는지 관심 있게 살펴봤다. 그리고 5월이 되면 낚시질을 시작했다. 하지만 지금은 새의 종류에도 관심이 없고, 피어나는 새싹을 봐도 어떤 꽃인지 알고 싶지 않았다. 그저 지금 이곳의 움직임과 파릇파릇 피어나는 어린잎들을 바라보고 그 냄새와 부드럽고 따뜻한 공기를 느끼며 흥분해서 걸을 뿐이었다. 한스는 곧 피곤해져서 어딘가에 누워 잠을 자고 싶었다. 한스는 자신을 둘러싼 현실과는 다른 것들을 봤다. 그는 그것이 뭔지 알지 못했고 알려고도 하지 않았다. 그것은 밝고 부드럽고 이상한 꿈이었는데 한스는 처음 보는 나무가 늘어선 가로수 길에 서 있었다. 묘한 기운이 그를 감쌌지만 아무 일도 일어나지는 않았다. 마치 화면을 보는 것처럼 그저 풍경만 있었을 뿐이다. 여기와는 다른 장소, 다른 사람들에게로 옮겨간 듯한 느낌이 들었다. 바닥이 부드럽고 폭신한 낯선 곳을 걷고, 가볍고 꿈꾸는 것처럼 미묘한 향기가 느껴지는 낯선 공기를 들이마셨다. 때로는 뭔가가 가볍게 몸을 어루만지고 지나가는 듯 막연하고 따뜻한 흥분을 느끼기도 했다.

한스는 공부하거나 책을 읽을 때 점점 집중하기가 어려웠다. 그의 흥미를 끌지 못하는 것들은 그림자처럼 손가락 사이를 빠져나갔다. 수업 시간에 히브리어 단어를 잊어버리지 않으려면 삼십 분 전에 예습해야 했다. 그러나 단어가 아닌 형상이 보이는 횟수가 늘어났다. 책을 읽고 있으면 책 속의 내용이 생명을 얻고 움직이는 물체가 되어 눈앞에 나타났다. 한스는 하루하루 기억력이 떨어지고 아무것도 받아들여지지 않는 데 절망했다. 하지만 오래전 기억들은 두려울 정도로 선명하게 나타났다. 수업을 받거나 책을 읽다가도 갑자기 아버지나 아나 할멈 또는 예전 학교의 선생이나 친구들 기억이 떠올랐다. 슈투트가르트에서 있었던 일, 주 시험이나 휴가 때 겪었던 일들이 몇 번이나 되살아났다. 낚싯대를 드리우고 강가에 앉아 햇볕이 내리쬐는 물 냄새를 맡기도 했다. 하지만 동시에 자신이 꿈꾸고 있는 것이 아주 먼 옛날의 일 같기도 했다.

어느 끈끈하고 무더운 저녁 무렵, 한스는 하일너와 복도를 왔다 갔다 하면서 집과 아버지, 낚시, 학교생활을 이야기하고 있었다. 하일너는 아무 말도 하지 않았다. 한스의 이야기를 들으며 가끔 고개를 끄덕이거나 종일 갖고 놀던 작은 막대기로 허공만 칠 뿐이었다. 한스도 점점 말이 없어졌다. 밤이 되었다. 두 소년은 창턱에 걸터앉았다.

"한스."

드디어 하일너가 입을 열었다. 그의 목소리는 조금 흥분해 있었다.

"왜?"

"아니, 아무것도 아니야."

"괜찮아, 말해봐."

"네 이야기를 듣다 보니 생각나는 게 있어서……."

"뭔데?"

"저기 너 말이야, 혹시 여자애를 쫓아가 본 적이 있니?"

침묵이 흘렀다. 그런 이야기는 아직까지 한 번도 해본 적이 없었다. 한스는 그런 주제에 두려움을 느끼고 있었다. 아직은 알지 못하는 수수께끼의 세계가 동화 속 꽃밭처럼 그를 이끌었다. 한스는 얼굴이 붉어지고 손가락이 떨렸다. 한스는 속삭이듯 말했다.

"딱 한 번 그런 적 있어. 뭘 모르던 어릴 적 이야기야."

다시 침묵이 흘렀다. 한스가 물었다.

"하일너, 너는 그런 적 있어?"

하일너는 한숨을 쉬며 말했다.

"아냐, 이런 이야긴 그만두자. 말하는 게 아니었어. 괜한 걸 물어본 것 같아."

"아냐, 그렇지 않아."

"……난 여자 친구가 있어."

"진짜? 정말이야?"

"응, 이웃에 사는 애야. 지난겨울에 키스도 했어."

"정말?"

"그래……. 어두워질 때였어. 해 질 무렵 얼음판 위에서였지. 난 그 애가 스케이트 벗는 걸 도와주었어. 그러다 내가 입술에 키스했어."

"그랬더니 뭐라고 해?"

"아무 말도 하지 않고 그냥 뛰어서 도망가더라."

"그다음엔?"

"그냥! 그걸로 끝이야."

하일너는 다시 한숨을 쉬었다. 한스는 하일너가 마치 금단의 정원에서 온 영웅처럼 보였다.

그때 취침 종이 울렸다. 모두 침대에 들어갈 시간이었다. 불이 꺼지고 완전히 조용해진 뒤에도 한스는 한참 동안 하일너가 좋아하는 여자애한테 했던 키스를 생각했다.

다음 날 한스는 그 일을 좀 더 자세히 물어보고 싶었지만 왠지 부끄러웠다. 하일너도 한스가 물어보지 않아서 먼저 말할 수가 없었다.

학교에서 한스의 태도는 더욱 나빠졌다. 선생들은 못마땅한 얼굴로 바라봤고 교장도 마찬가지였다. 학생들도 한스가 이미 1등 자리를 포기한 것을 눈치챘다. 학교생활에 아예 관심이 없는 하일너만 아무것도 모르고 있었다.

한스는 이런 일에 전혀 신경 쓰지 않고 흘러가는 대로 지켜만 봤다. 하일너는 신문 만드는 일에 싫증이 나서 한스하고만 상대했다. 금지된 것을 어기고 한스와 함께 양지바른 곳에 누워 공상을 하고 시를 읽거나 교장 흉을 보기도 했다. 한스는 하일너의 여자 친구 이야기를 더 듣고 싶었다. 하지만 시간이 흐를수록 물어보기가 점점 더 어려웠다. 한편 다른 친구들 사이에선 이 두 사람이 전에 없는 기피 인물이 되어 있었다. 하일너가 「호저」에서 선생과 학생들을 신랄하게 비난했기 때문이다.

신문은 그 무렵 폐간되었다. 원래 겨울과 봄 사이 지루한 몇 주간을 노리고 만든 신문이었기에 그 임무를 끝낸 것이다. 이제 식물을 채집하거나 산책을 하며 밖에서 지내기에 좋은 아름다운 계절이 시작되었다. 낮이 되면 수도원 뜰은 운동과 달리기를 하거나 공을 차는 아이들로 가득 찼다. 그때 사건이 일어났다. 이번에도 장본인은 언제나처럼 모두의 발에 차이는 돌멩이 같은 존재인 헤르만 하일너였다.

교장은 하일너가 자신의 말을 무시하고 매일 한스와 함께 산책했다는 사실을 알았다. 이번에는 한스가 아닌 하일너를 불렀다. 교장이 부드러운 말투로 '자네'라고 부르자 하일너는 그 말을 바로 반박했다. 또 교장이 왜 자신의 말을 지키지 않느냐고 추궁하자 하일너는 자신은 한스의 친구이며 그 누구도 자신들의 만남을 막을 권리가 없다고 맞받아쳤다. 하일너는 끝까지 굽히지 않았고 결국 몇 시간 동안 가둬지는 벌을 받았다. 아울러 한스와의 산책도 금지되었다.

다음 날부터 한스는 다시 혼자서 산책을 나갔다. 두 시에 돌아와 수업에 들어간 다음에야 하일너가 보이지 않는다는 사실을 깨달았다. 힌두가 보이지 않았을 때와는 달리 아무도 하일너가 지각한 것이라곤 생각하지 않았다. 세 시가 되자 모든 학생이 선생 셋과 하일너를 찾아 나섰다. 모두 흩어져 이름을 부르며 숲 속을 뒤졌다. 많은 학생이 하일너가 자살했을지도 모른다고 생각했다. 선생 둘도 그렇게 생각했다.

다섯 시가 되어도 찾지 못하자 경찰서와 파출소에 전보를 보내고 저녁 무렵에는 하일너의 아버지에게도 연락했다. 학생들은 걱정스럽게 수군거리기 시작했다. 집으로 간 게 아닐까 생각하기도 했지만 하일너가 돈을 갖고 있지 않다는 사실이 확인되었다. 소년들은 한스가 틀림없이 하일너의 행방을 알고 있으리라고 생각했다. 하지만 누구보다도 놀라고 걱정한 사람은 한스였다. 밤에 자리에 누웠을 때 다른 아이들이 제멋대로 말도 안 되는 추측을 하면서 한스의 신경을 건드렸다. 한스는 이를 무시하고 이불을 뒤집어썼다. 어쩌면 하일너가 다시는 돌아오지 않을지도 모른다고 생각하자 겁이 나고 슬퍼서 가슴이 먹먹했다. 그러다가 잠이 들었다.

그 시간 하일너는 수도원에서 멀리 떨어진 깊은 숲 속에 누워 있었다. 추워서 잠이 오지 않았지만 새장에서 탈출한 새처럼 자유로움을 만끽하고 숨을 크게 들이마시며 온몸을 쭉 폈다. 하일너는 정오에 학교에서 나와 크니틀링겐에서 산 빵을 먹으며 걸었다. 이른 봄의 풋풋한 나뭇가지 사이로 밤의 어둠과 빠르게 흘러가는 구름이 보였다. 어디로 가야겠다는 생각은 없었다. 그저 오늘 밤만이라도 수도원에서 나와 교장에게 자신의 의지가 명령이나 금지보다 강하다는 것을 보여주고 싶었을 뿐이다.

다음 날도 모두 하일너를 찾아 나섰지만 헛수고였다. 하일너는 밤에는 근처 마을의 밭에 있는 짚단 더미 속에서 자고 아침이 되면 다시 숲 속으로 들어갔다. 그리고 그날 밤 해가 질 무렵 마을로 나왔다가 경찰에게 붙들렸다. 경찰은 하일너를 의심하며 경찰서로 데려갔지만 하일너는 그곳에서 화려한 말솜씨로 마을 면장을 사로잡았다. 면장은 하일너를 자기 집으로 데려가 햄과 달걀을 대접하고 잠도 재워주었다. 이를 알게 된 하일너의 아버지는 다음 날 아들을 수도원으로 데려왔다. 학교를 뛰쳐나간 주인공이 돌아오자 온통 난리가 났다. 하일너는 자신이 저지른 놀라운 일을 전혀 후회하지 않는 듯 고개를 빳빳이 세우고 있었다. 모두가 교장에게 잘못을 빌라고 했지만 하일너는 그럴 마음이 조금도 없었다. 비공개로 열린 학교 회의에서도 겁을 먹거나 잘못을 인정하지 않았다. 오히려 선생들은 하일너를 용서하고 구제해주려고 했지만 그의 행동은 도가 지나쳤다. 결국 하일너는 명예롭지 못한 퇴학 처분을 받고 저녁 무렵 아버지와 함께 다시는 돌아오지 않을 길을 떠났다. 친구 기벤라트와는 잠깐 악수를 했을 뿐 별다른 이야기를 나누지는 못했다.

교장은 매우 반항적이고 추악한 이 탈선 사건에 대해 엄격하고 장엄한 훈시를 했다. 하지만 슈투트가르트의 상급 기관에는 그리 심각한 일이 아닌 것처럼 부드러운 문체로 쓴 보고서를 제출했다. 한편 퇴학당한 학생과는 편지를 주고받지 못하도록 금지했다. 한스는 그저 미소만 지을 뿐이었다. 하일너의 도주 사건은 한동안 학생들 사이에서 화제가 되었다. 그 뒤로 하일너의 소식은 들리지 않았다. 하지만 시간이 흐르면서 사람들의 판단도 바뀌기 시작했다. 당시에는 두려워하고 피하려 했던 도망자 하일너를 이제는 마치 날아가버린 독수리처럼 생각하는 사람이 많았다. 헬라스 방에는 빈 책상이 두 개나 생겼다. 나중에 없어진 학생은 처음에 없어진 학생처럼 빨리 잊히지는 않았다. 교장만이 두 번째 소년도 빨리 잊히기를 바랐을 뿐이다. 하일너는 수도원의 평화를 깨뜨리는 일은 하지 않았다. 한스는 하일너의 소식을 눈이 빠지게 기다렸지만 아무 소식도 오지 않았다. 학교를 떠난 뒤 하일너의 소식은 전혀 알

길이 없었다. 하일너와 그가 벌였던 탈출 소동은 지난날의 이
야기가 되고 마침내 전설이 되었다. 그 뒤로 이 소년은 온갖 놀
라운 사건을 저지르고 방황하면서 삶의 고뇌를 겪다가 결국은
엄격하고 정숙한 법규를 익혀 비록 영웅은 아니어도 당당한
한 사람으로 성장했을 것이다.

　학교에 남은 한스는 하일너의 도주 계획을 알고 있었다는
의심을 받았고 그 때문에 선생들의 호의를 완전히 잃어버리고
말았다. 어떤 선생은 한스가 수업 시간에 제대로 대답하지 못
하자 이렇게 말했다.

　"너도 그 훌륭한 친구 하일너를 따라가지 그랬니?"

　교장도 더는 한스에게 관심을 두지 않았다. 마치 바리새인
위선자가 관리를 바라보는 것처럼 경멸과 동정의 시선으로 바
라볼 뿐이었다. 한스 기벤라트는 더 이상 학생들 사이에 끼어
들지 못했다. 이제 그는 나병환자 취급을 당하고 있었다.

5장

들쥐가 모아둔 먹이를 꺼내 먹으며 살아가듯 한스도 예전에 공부했던 지식으로 그럭저럭 버티고 있었다. 하지만 그마저도 소용없는 상황이 되었다. 무기력하나마 새로운 마음으로 노력하기도 했지만 조금의 희망도 없는 절박한 상태가 되어버린 걸 알았다. 그다음에는 허탈한 마음에 웃음밖에 나오지 않았다. 한스는 결과도 나오지 않는 헛된 노력을 그만두었다. 모세 5경에 이어 호메로스를 포기하고 크세노폰과 대수도 포기했다. 또 선생들 사이에서 자신에 대한 평가가 점점 내려가 제로 상태가 되는 것을 그저 바라만 봤다. 두통이 다시 시작되었지만 이젠 그다지 특별한 일도 아닌 일상사가 되어버렸다. 머리가 많이 아프지 않을 때는 헤르만 하일너를 생각하거나 허황

한 꿈을 꾸면서 멍하니 몇 시간 동안 허공을 바라보는 일이 잦았다. 선생들은 예전보다 더 심하게 한스를 야단쳤지만 그는 비굴하게 웃을 뿐이었다. 멍청하게 웃기만 하는 한스의 모습을 진심으로 마음 아프게 여기고 위로해주는 사람은 복습 지도 선생 비트리히뿐이었다. 나머지 선생들은 한스의 그런 모습에 화를 내거나 아예 관심조차 보이지 않았다.

가끔 한스의 자존심을 건드려서 예전의 모습을 되찾게 하려고 이렇게 말하는 선생도 있기는 했다.

"혹시 잠들지 않았으면 이 문장을 읽어보겠나?"

특히 교장의 실망이 가장 컸다. 자부심이 강한 그는 자신이 바라보기만 해도 위력이 발생할 거라고 생각했다. 하지만 교장이 눈을 크게 뜨고 위협적으로 바라봐도 한스 기벤라트는 비굴하게 겁먹은 웃음으로만 답했다. 교장은 그 웃음에 더욱 화를 냈다.

"그런 바보 같은 얼굴로 히죽거리지 마라. 너는 지금 소리 내어 울어도 시원치 않을 판이야."

무엇보다 한스의 마음을 아프게 했던 건 아버지가 보낸 편지였다. 교장이 아버지에게 연락했던 것이다. 아버지는 너무나 놀라서 어찌할 바를 몰랐다. 아버지의 편지에는 성실한 인간이 쓸 수 있는 격려와 도덕적인 분노를 표현하는 모든 문구가 담겨 있었다. 하지만 그 속에는 아버지의 애절한 슬픔도 담

겼고, 그걸 느낄 수 있었던 한스는 마음이 아팠다.

　교장을 비롯해 아버지와 선생들, 조교에 이르기까지 의무감을 지니고 아이들을 지도하는 사람들은 모두 생각이 같았다. 그들은 한스의 내면에 자신들이 원하는 대로 자라는 것을 방해하는 나쁜 요소와 게으름이 있다고 판단했다. 그래서 무리해서라도 이 아이를 올바른 길로 되돌려놓아야 한다고 생각했다. 아무도 소년의 조그만 얼굴에 떠오르는, 넋을 잃은 미소 뒤에 괴로움에 빠져 스러져가는 영혼이 있으며 그 영혼이 두려움에 떨면서 도와달라고 말하고 있다는 것을 알아차리지 못했다. 아마도 애정을 품고 진심으로 걱정해주던 복습 지도 선생은 느꼈을지 모르겠다. 학교와 아버지, 몇몇 선생의 명예욕이 상처받기 쉬운 어리고 순박한 영혼을 이렇게 만들었지만 아무도 그렇게 생각하지 않았다. 왜 감수성이 예민하고 위태로운 시기에 한스를 매일 밤늦게까지 공부하게 만들었는가? 왜 기르던 토끼를 빼앗고 라틴어 학교의 친구들과 어울리거나 낚시를 하거나 빈둥거리며 놀지 못하게 했는가? 왜 몸과 마음을 갉아먹는 허황된 명예심을 좇도록 그를 부추겼는가? 왜 시험이 끝난 뒤에도 휴식을 주지 않았는가?

　지나치게 혹사당해 기진맥진해진 이 어린 망아지는 이제 길바닥에 쓰러져 더는 아무 일도 할 수 없게 된 것이다.

　초여름 어느 날 마을 의사는 한스의 증상이 성장기 아이들에게 흔히 나타나는 신경쇠약 현상이라는 진단을 내리고 방학 때 충분히 쉬고 잘 먹으면 나아질 거라고 했다. 하지만 방학이 되기 전에 사건이 일어났다. 방학하기 삼 주 전이었다. 오후 수업에서 한스는 선생에게 심하게 야단을 맞았다. 그러자 그는 의자에 앉아 몸을 떨더니 갑자기 울기 시작했다. 한스의 울음이 멈추지 않자 결국 선생은 수업을 중단했다. 그날 한스는 반나절 동안 침대에 누워 있었다.

다음 날 한스는 수학 시간에 기하학 문제를 증명하러 앞으로 나갔다가 갑자기 현기증을 느꼈다. 자를 대고 분필로 선을 긋다가 둘 다 떨어뜨렸는데 그걸 주우려고 앉았다가 일어서지 못했던 것이다. 이런 사실을 안 의사는 크게 화를 냈다. 의사는 한스를 당장 집으로 보내 쉬게 해야 한다고 말하면서 신경과 전문의에게 정밀 진단을 받는 것이 좋겠다고 했다.

"아마도 무도병(얼굴과 손발 등의 근육을 마음대로 움직일 수 없는 운동장애를 나타내는 증후군 – 옮긴이)에 걸린 듯합니다."

의사의 말을 들은 교장은 엄하게 화를 내는 것보다는 아버지처럼 다정하게 대하는 것이 낫겠다고 생각했다. 교장에게도 그 편이 더 쉬웠고, 그에게 더 잘 어울리기도 했다.

교장과 의사는 각각 아버지에게 편지를 써서 한스 편에 보내기로 했다. 처음에는 화를 내던 교장은 이제 걱정이 되었다.

하일너 사건으로 충격을 받은 학무과에서 또다시 이런 일이 일어난 걸 보고 뭐라고 할 것인가! 이 사건에 대해 교장이 한마디도 하지 않자 모두 어리둥절해했다. 게다가 이제는 한스에게 친절하게 대하기까지 했다. 그는 한스가 요양을 하러 집에 가면 다시 학교로 돌아오지 못할 것을 알고 있었다. 설사 완쾌해서 돌아온다 해도 이미 뒤떨어진 학생이 그동안의 수업을 따라잡는 것은 불가능한 일이었기 때문이다. 교장은 진심으로 "또 만나자"라고 말했지만 헬라스 방에 들어가 세 개의 빈 책상을 볼 때마다 괴로웠다. 누구보다 똑똑하고 앞날이 유망하던 두 학생이 사라진 데는 자신의 잘못도 있다는 생각이 들었다. 하지만 교장은 담력이 세고 웬만한 일에는 의기소침해하지 않았기에 얼마 뒤엔 쓸데없는 걱정을 마음에서 지울 수 있었다.

작은 짐 가방을 들고 떠나는 신학교 학생 뒤로 회당이며 박공, 수도원의 탑과 숲, 언덕이 멀어져갔다. 그 대신 바덴주 국경에 있는 초원이 나타났다. 초원에는 무성한 과일나무가 서 있었다. 포르츠하임 시가지를 지나면 바로 슈바르츠발트의 검푸른 전나무 숲이 나왔다. 계곡 사이로 울창한 시냇물이 흐르고, 따가운 여름 햇볕 아래에서 보기만 해도 시원한 그늘이 펼쳐져 있었다. 한스는 고향의 냄새가 풍겨오는 경치를 보면서 즐거워졌다. 하지만 곧 아버지가 마중 나올 텐데 실망할 모습을 생각하니 마음이 우울해졌다. 조용하고 편안한 여행의 기쁨도 사라져버렸다.

슈투트가르트로 시험 치러 갔던 일, 마울브론으로 입학식을 하러 갔던 일이 그때 느꼈던 긴장이나 불안, 기쁨과 함께 기억이 났다. 도대체 무엇 때문에 그 모든 일을 했던 걸까? 한스도 교장과 마찬가지로 자신이 다시 신학교로 돌아갈 수 없다는 것을 알고 있었다. 이제 신학교도, 학문도 그리고 자신의 야심찬 계획과 희망도 끝이라는 것을 알았다. 그러나 지금 당장은 그런 이유로 슬픈 게 아니었다. 자신 때문에 슬퍼하고 실망할 아버지를 생각하니 마음이 무거웠다. 지금은 그저 푹 쉬고, 마음껏 울고, 자고 싶은 만큼 자고 싶었다. 지금까지 너무나 시달리고 힘들었기에 아무한테도 간섭받지 않고 혼자 있고 싶을 뿐이었다. 하지만 집에 돌아가도 그렇게 할 수 없을 거라는 생각이 들었다. 기차에서 내릴 때가 다가오자 심한 두통이 생겼다. 기차는 예전에 그가 신나게 뛰어다니던 언덕과 숲, 들판을 달리고 있었지만 창밖을 내다보지도 않았다. 그래서 하마터면 낯익은 고향 역을 그냥 지나칠 뻔했다.

한스는 우산과 짐 가방을 들고 기차에서 내렸다. 아버지는 아들을 물끄러미 바라봤다. 교장의 연락을 받고 이제 더는 잘나가는 아들이 아니게 된 한스에 대한 실망과 분노는 도저히 어찌할 수 없는 놀라움으로 변했다. 형편없이 쇠약해진 아들을 상상하던 아버지는 마르긴 했지만 그래도 혼자 걸을 수 있는 모습을 보고 조금 안심이 되었다. 하지만 의사와 교장의 편지에 적힌 신경병을 생각하면 불안하고 무서웠다. 집안에는 아직 신경병에 걸린 사람이 없었다. 이 세상 사람들은 신경병에 걸리면 미친 사람처럼 취급하고 몰이해와 비웃음, 경멸이 담긴 동정을 보냈다. 그런데 자신의 아들이 그런 병에 걸려 돌아온 것이다.

집에 돌아온 첫날 한스는 아버지가 아무 말도 하지 않는 게 기뻤다. 그러나 차츰 감정을 억누르면서 자신을 대하는 아버지의 무거운 마음과 위로의 말을 느꼈다. 아버지는 그렇지 않은 척했지만 뭔가를 살피는 듯이 자신을 바라보고 억지로 다정하게 말을 걸기도 했다. 한스는 이런 일들이 놀랍기도 하고 자신의 상태가 더 나빠지는 게 아닌가 하는 마음이 들어 불안하고 괴로웠다.

날씨가 좋은 날에는 몇 시간씩 숲 속에서 지냈다. 그것은 확실히 효과가 있었다. 꽃이나 곤충을 보고 즐거워하며 새들의 노랫소리에 귀를 기울이고 짐승의 발자국을 따라가며 기뻐했던 어린 시절의 행복한 추억은 한스의 상처받은 영혼을 어루만져주었다. 하지만 그런 순간은 많지 않았다. 그는 대부분의 시간을 축 늘어져 이끼 위에 누워서 보냈다. 무거운 머리로 뭔가를 생각하려 했지만 소용없었다. 또다시 꿈이 찾아들어 그를 멀리 다른 세계로 데려갔다. 그리고 거의 항상 머리가 아팠다.

이런 꿈을 꾸기도 했다. 한스는 헤르만 하일너가 죽어서 들것에 누워 있는 걸 보고 다가가려 했지만 선생들이 자신을 가로막는 것이었다. 몇 번이나 다가가려고 했지만 계속 한스를 밀쳐냈다. 신학교의 선생들, 복습 지도 선생뿐 아니라 초등학교 교장과 슈투트가르트의 시험관들도 있었다. 모두 화가 난 얼굴이었다. 그러다가 갑자기 들것에 누워 있는 사람이 힌두가 되었다. 우스꽝스러운 실크 모자를 쓴 힌두 아버지가 슬픈 표정을 짓고 개의 다리처럼 굽은 다리로 그 옆에 서 있었다.

또 다른 꿈에서 한스는 도망간 하일너를 찾느라 숲 속을 달리고 있었다. 나무 사이로 하일너의 모습이 몇 번 보였지만 이름을 부르려고 하면 번번이 사라졌다. 그러다 하일너가 멈춰서서 한스를 불렀다. 한스가 다가가자 그는 "나한테는 애인이 있어"라고 말한 뒤 큰 소리로 웃으며 숲 속으로 사라졌다.

평온하고 위엄 있는 눈빛과 아름답고 평화로운 손을 가진 사람이 배에서 내리는 것을 보고 한스는 그에게로 달려갔다. 갑자기 모든 게 사라졌다. 그게 무엇이었을까. 복음서의 한 구절이 떠올랐다. 그리스어로 된 문장이었다.

"그들이 배에서 내리니 사람들이 곧 예수를 알아보고 그 온 지방을 뛰어다니면서."

이제 '내리니'가 무슨 변화형인지 알아야 했다. 그 동사의 현재형과 부정법, 완료형, 미래형을 생각해내고 단수, 양수, 복수로 바꿔야 하는데 도중에 꽉 막혀버렸다. 정신을 차릴 수가 없고 온몸이 땀에 젖었다. 한참 만에 정신을 차렸는데 머릿속이 온통 뒤죽박죽이었다. 한스는 체념과 죄의식으로 자신도 모르게 힘없는 웃음이 나왔다. 그러자 바로 교장의 목소리가 들렸다.

"그 바보 같은 웃음은 뭐지? 그렇게밖에 할 수 없나!"

가끔 몸 상태가 좋아지는 것 같기도 했지만 전반적으로 볼 때 한스는 갈수록 상태가 나빠졌다. 예전에 한스의 어머니를 치료하고 죽음도 목격했으며 지금은 아버지의 관절염을 치료하는 마을 주치의는 얼굴을 찌푸리며 한스의 상태에 대해 말하기를 꺼렸다. 그 무렵 한스는 갑자기 라틴어 학교에서 보낸 마지막 이 년 동안 친구가 하나도 없었다는 사실을 깨달았다. 그 당시 동급생들 가운데는 마을을 떠난 아이도 있고 수습공이 되어 바쁘게 오가는 아이도 있었다. 하지만 그중 누구하고도 왕래가 없고 어떤 도움도 받을 만한 상황이 못 되었다. 또 아무도 한스에게 관심을 보이지 않았다. 라틴어 학교 교장은 몇 번 그에게 덕담을 건넨 적이 있고, 라틴어 선생이나 목사도 길에서 만나면 고개를 끄덕여주긴 했지만 이젠 한스와 아무런 관계도 없었다. 지금의 한스는 온갖 지식을 채워 넣을 만한 그릇도 아니었고, 온갖 씨를 뿌릴 만한 밭도 아니었다. 한스에게 시간과 관심을 투자해도 나올 게 없었던 것이다. 목사가 한스에게 관심을 보였다면 좋았겠지만 그가 무엇을 할 수 있었을까? 목사가 줄 수 있었던 것은 학문 또는 학문에 대한 탐구심과 격려뿐이었다. 목사는 자신의 라틴어 실력에 대해서는 근거 있는 의심이라 할지라도 받아들이지 않았다. 또 누구나 알고 있는 성경을 설교 출처로 삼지도 않았다. 그는 모든 고뇌에 대해 친절하고 부드럽게 말해줄 수도 없었으므로 곤경에 빠졌을 때 찾아갈 만한 사람은 아니었다. 한스의 아버지도 아들에 대한 실망과 분노를 감추려고 많이 노력했지만 아들의 친구나 위로 상대는 되어주지 못했다.

한스는 모두한테서 버림받았고 모두가 자신을 싫어한다고 생각했다. 그래서 작은 마당에서 햇볕을 쬐거나 숲 속에서 뒹굴며 이런저런 생각에 빠졌다. 책을 읽는 것도 도움이 되지 않았다. 책을 읽으면 머리와 눈이 아팠고, 책장 사이에서 수도원 시절과 그곳에서 겪은 괴로운 일이 유령처럼 되살아났다. 그 유령은 그를 무서운 꿈속으로 몰아넣고 불타는 눈초리로 꼼짝 못하게 쳐다보고 있었다.

이런 괴로움과 외로움에 빠진 한스에게 위로의 가면을 쓴 유령이 찾아와 병든 그와 떨어질 수 없는 존재가 되었다. 바로 죽음이었다. 총을 사용하거나 숲 속에 들어가 목을 매는 것은 쉽게 떠올릴 수 있는 방법이었다. 한스는 거의 매일 이런 생각에 빠져 지냈다. 그리고 마침내 평온하게 죽을 수 있는 조용하고 외진 곳을 발견했다. 그는 이곳을 죽음의 보금자리로 정하고 가까운 미래에 사람들이 여기서 자신의 시체를 발견하는 장면을 생각하면서 묘한 기쁨을 느꼈다. 한스는 그곳을 왔다 갔다 하며 밧줄을 맬 나뭇가지를 정하고 얼마나 튼튼한지 시험해봤다. 방해가 될 만한 것은 전혀 없었다. 오랜 시간에 걸쳐 아버지에게 남길 짧은 편지와 헤르만 하일너에게 보낼 아주 긴 편지도 썼다. 자신이 죽는 곳에 이 편지를 남길 생각이었다.

준비를 확실하게 마쳤다는 생각이 한스의 마음을 편하게 해주었다. 자신의 운명을 좌우할 나뭇가지 밑에서 몇 시간이고 앉아 있으면 예전에 느꼈던 압박감은 사라지고 기쁨에 가까운 쾌감이 찾아들었다.

왜 예전에는 저 아름다운 가지에 목을 맬 생각을 하지 못했을까. 한스도 알 수 없었다. 죽겠다고 생각하자 오히려 안정을 찾았다. 그리고 그날이 가까워질수록 마치 먼 여행을 떠나는 것처럼 지금의 상태를 만끽했다. 아름다운 햇빛과 고독, 몽상도 마음껏 즐겼다. 이미 준비는 다 끝났다. 자기 의지로 이곳에 머물면서 꿈에도 자신의 위험한 계획을 모르는 사람들의 얼굴을 보는 것은 독특하면서도 씁쓸한 쾌감이 들게 했다. 의사를 만날 때는 '조금만 더 기다려보세요'라고 속으로 말하곤 했다.

운명의 신은 자신의 어두운 계획을 즐기는 소년을 바라만 봤다. 소년은 죽음의 잔을 들고 매일 조금씩 쾌감과 생명력을 맛봤다. 물론 상처 입은 젊은 영혼 하나쯤이야 문제 되지 않겠지만 그래도 그는 자신의 원을 끝까지 그려야 했다. 인생의 쓴 맛을 좀 더 맛보기 전까지는 그 무대에서 사라질 수 없었다. 한스는 조금씩 헤어날 수 없는 괴로운 상념에서 벗어나기 시작했다. 지칠 대로 지친 나머지 이제는 될 대로 되라는 심정이 되었다. 오히려 편안하고 느긋한 기분이 들어 아무 생각 없이 시간이 흘러가는 대로 푸른 하늘만 쳐다봤다. 그런 그의 모습은 가끔 몽유병 환자처럼 보이기도 하고 어린아이처럼 보이기도 했다. 어느 날 한스는 울적하고 피곤한 기분으로 마당의 전나무 밑에 앉아 있다가 불현듯 라틴어 학교에서 배운 노래가 생각났다.

아, 나는 너무 피곤해.
아, 나는 너무 지쳤어.
지갑이 비었네.
호주머니도 비었네.

한스는 이 노래를 몇 번이나 흥얼거렸다. 스무 번은 되풀이한 것 같았지만 아무 생각도 들지 않았다. 그러나 창가에 서서 아들의 노래를 듣고 있던 아버지는 깜짝 놀랐다. 감성적이지 않은 아버지는 이런 무의미하고 장난스러우며 단조로운 노래가 전혀 이해되지 않았다. 아버지는 이것이 절망적인 정신병의 징조라고 여겨 한탄하며 한숨을 쉬었다. 그 뒤로 그는 좀 더 신경질적으로 아들을 관찰하기 시작했다. 이를 눈치챈 한스는 괴로웠다. 하지만 아직은 목을 맬 시기가 아니었다.

그러는 동안 여름이 되었다. 주 시험을 치르고 그해 여름방학을 보낸 지 벌써 일 년이 지났다. 가끔 그때 일이 생각났지만 한스는 별다른 느낌이 들지 않았다. 감각이 무뎌진 것이다. 다시 낚시를 하고 싶었지만 아버지에게 말할 엄두가 나지 않았다. 물가에 설 때마다 마음이 아팠다. 가끔 아무도 없는 강가에 서서 소리 없이 헤엄치는 검은 물고기들의 움직임을 유심히 바라봤다. 한스는 매일 저녁 몸을 씻으러 강가로 갔다. 그때마다 검사관 게슬러의 집을 지나쳤는데 어느 날 우연히 삼 년 전에 자신이 열중했던 에마 게슬러를 봤다. 한스는 호기심을 품고 그녀를 바라봤지만 예전과 같은 감정은 아니었다. 그때는 날씬하고 아주 예쁜 소녀였는데 지금은 더 자라서 그전처럼 날씬하지도 않고 어른들과 같은 머리 모양을 하고 있어 우스꽝스러웠다. 긴 옷도 어울리지 않고 다 큰 어른처럼 행동하는 것도 자연스럽지 못했다. 그런 그녀의 모습이 우스워 보였지만 예전에 그녀를 만났을 때 달콤하고 따뜻한 기분이 들었던 것을 생각하니 왠지 모르게 슬퍼졌다. 그때는 지금과 모든 것이 달랐다. 훨씬 아름답고 쾌활하고 생기가 넘쳤다! 이미 오래전부터 한스는 라틴어와 역사, 그리스어, 시험, 신학교, 두통에만 관심이 있었다. 하지만 그 당시에는 동화책도 읽었고 도둑이야기도 알고 있었다. 작은 마당에선 한스가 만든 장난감 물레방아가 돌아갔다. 해 질 무렵에는 나숄트 집 현관에서 리제가 들려주는 흥미진진한 모험 이야기를 듣곤 했다. '가리발디'라고 불리던 이웃에 사는 노인 그로스요한을 강도 살인범으로 잘못 알고 그에 대한 꿈을 꾼 적도 있었다. 일 년 내내 즐거운 일이 끊이지 않았다. 목초를 말리고 토끼풀을 베고 처음으로 낚시를 해봤다. 개울에서 가재를 잡고 홉을 거둬들이고 살구를 땄다. 감자 줄기와 잎으로 모닥불을 피우기도 하고 보리를 타작하기도 했다. 사이사이 즐거운 일요일이나 모두가 기다리던 명절이 있었다. 또 신비로운 매력으로 흥미를 당기는 것도 많았다. 한스는 집이나 계단, 곡식 창고 바다, 샘, 담장, 사람들과 동물들을 아주 좋아했다. 그것들에는 뭐라 말할 수 없는 커다란 힘이 있어서 한스를 유혹했다. 홉을 딸 때는 같이 도왔고, 아가씨들이 부르는 노래에 귀를 기울이며 가사를 외웠다. 노래 가사는 대개 웃음을 터뜨릴 만큼 익살스러웠지만 그중에는 상당히 슬픈 내용도 있어 듣고 있으면 목이 멜 정도였다.

하지만 이런 모든 일이 한스도 모르는 사이에 사라져버렸다. 가장 먼저 저녁 무렵 리제의 이야기를 듣는 일이 사라졌다. 그다음에는 일요일 오전의 낚시질이 없어지고 동화책 읽기도 사라졌다. 이렇게 하나하나 없어지면서 홉 따는 일도, 마당의 물레방아 보는 일도 그만두게 되었다. 아! 그 모든 것은 어디로 가버린 걸까?

다 자란 소년은 병이 들었고, 이제 그 병든 하루하루 속에서 비현실적인 제2의 유년 시절을 보내고 있었다. 선생들에게 어린 시절을 빼앗긴 한스의 마음은 지금 그리움이 넘쳐흘러 아름답고 아련한 옛 시절로 되돌아갔다. 그는 마술에 걸린 것처럼 회상의 숲 속을 마구 헤맸다. 오히려 병적으로 그 시절이 강하고 선명하게 느껴졌다. 한스는 예전과 다를 바 없는 따뜻함과 열정으로 이 모든 것을 체험했다. 자신의 의지와 관계없이 빼앗겨버린 유년 시절의 감정이 오랫동안 막혀 있던 샘물이 터지듯 마음속에서 용솟음쳤다.

나무의 윗부분을 잘라내도 뿌리에서는 다시 새순이 싹튼다. 마찬가지로 한창 꽃이 필 무렵에 병들어 시든 영혼도 예전의 꿈 많던 어린 봄날로 돌아간 것이다. 마치 새로운 희망을 찾아내고 끊어진 생명의 끈을 다시 이을 것처럼 뿌리에서 싹튼 새순이 뻗어간다. 하지만 겉으로만 그럴 뿐 결코 다시 제대로 된 나무가 되는 일은 없다.

한스 기벤라트도 마찬가지였다. 유년 시절의 꿈길에서 헤매고 있는 그의 뒤를 좀 더 따라가보기로 하자.

한스의 집은 오래된 돌다리 근처 두 개의 길이 만나는 지점에 있었다. 이 두 길은 모습이 전혀 달랐다. 한스의 집이 있는 곳은 시내 안쪽에서 가장 길고 넓은 길이었다. 그 길의 이름은 '게르버'였다. 또 다른 곳은 가파른 비탈길로 짧고 좁았다. 그 길의 이름은 '매'였다. 오래전에 폐업한 음식점 간판에 매 그림이 그려져 있어서 그렇게 불렀다.

게르버 길에는 착하고 성실한 원주민들이 살았다. 모두 자기 집과 마당과 묘지를 갖고 있었다. 마당은 집 뒤쪽에 있는 산을 따라 계단처럼 올라가게 되어 있었는데, 울타리가 노란 금작화로 뒤덮인 철롯둑과 경계를 이루었다. 그 철롯둑은 1870년에 만든 것이다. 게르버 길에는 시장터와 교회, 지방청, 재판소, 시청, 교구관 등이 있어 고상한 도시처럼 깨끗하고 품위 있어 보였다. 또 멋진 현관문이 있는 주택과 아름다운 고대식 나무 기둥이 있는 기와집, 아담하고 밝은 색깔의 박공도 있었다. 이 길은 한쪽에만 집이 있어 친근하고 유쾌하고 밝은 느낌이었다. 건너편에는 나무판자로 된 벽 아래로 강물이 흘렀다.

게르버 길이 길고 넓고 밝아서 고상하고 품위가 있어 보인다면 매 길은 정반대였다. 매 길에는 기울어져 가는 허름한 집들이 있었다. 칠은 얼룩이 지고 다 벗겨졌으며, 앞으로 늘어진 채 매달린 박공은 납작하게 눌린 모자 같았다. 문짝이나 창문은 틈이 벌어져 고친 흔적이 있고, 연통은 찌그러졌으며, 홈통은 낡고 헐었다. 집들은 서로 공간을 침범하고 햇빛을 가려 가뜩이나 좁고 구부러진 길이 더욱 어두웠다. 더욱이 비가 오거나 해가 진 뒤에는 습기에 찬 기분 나쁜 어둠이 찾아왔다. 또 어느 집이나 창문 앞에 막대기나 노끈을 달고 빨래를 잔뜩 널어놓았다. 비좁고 가난한 이 거리에는 세를 사는 사람이나 잠만 자는 사람 말고도 워낙 대가족들이 살았기 때문이다. 기울어지고 허물어져 가는 집집마다 많은 사람이 있었다. 그들은 빈곤과 범죄, 병에 노출되어 있었다. 티푸스가 발병해도 영락없이 이곳에서 발병했고, 살인 사건이 일어나도 맨 먼저 매 길이 지목되었다. 떠돌아다니는 상인들도 이 거리에 묵었다. 그들 가운데 분가루를 파는 우스꽝스러운 호테호테와 가위를 갈아주는 아담 히텔도 있었다. 아담은 온갖 범죄와 나쁜 짓을 저질렀다는 소문을 달고 다녔다.

학교에 들어가서 일이 년 동안 한스는 매 길에 자주 놀러 갔다. 연한 금발 머리에 허름한 옷을 입은 장난꾸러기들과 함께 로테 프로뮐러가 들려주는 살인 사건 이야기에 귀를 기울이곤 했다. 로테는 평판이 나빴다. 감옥에서 오 년을 산 전과자인 데다 어느 작은 여관집 주인과 살다가 이혼했다. 예전에는 소문난 미인이라 공장 직공들 가운데 애인도 여럿 둬서 가끔 추문을 일으키거나 칼부림도 났다. 지금은 혼자 사는데 공장에서 퇴근하면 커피를 끓여놓고 이야기를 하면서 저녁 시간을 보냈다. 문을 활짝 열어놔서 지나가는 여인들이나 젊은 노동자들 말고도 근처에 사는 아이들이 모여들어 넋을 잃고 로테의 이야기를 들었다. 작고 검은 돌화로 위에 놓인 주전자에서는 물이 끓고, 그 옆에는 촛불이 타고 있었다. 촛불이 푸른 석탄불처럼 흔들리며 사람들로 가득 찬 어두운 방을 비췄다. 또 벽과 천장에는 이야기를 듣는 사람들의 움직임이 커다란 그림자가 되어 도깨비처럼 보이기도 했다.

한스는 여덟 살 때 이곳에서 핑켄바인 형제와 놀곤 했는데 아버지가 심하게 말렸다. 그래도 한스는 일 년이나 두 아이와 어울렸다. 이 형제의 이름은 돌프와 에밀이었다. 이들은 동네에서 소문난 악동으로 과일을 훔치거나 숲을 망쳐놓기로 유명했고, 잔꾀와 장난의 대가였다. 또 새알이나 납덩이, 새끼 까마귀, 찌르레기, 토끼를 팔기도 했고 금지된 밤낚시도 했다. 시내의 정원이란 정원은 다 자기네 집처럼 드나들었는데 담장에 유리 조각이 깔려 있어도 그들에겐 식은 죽 먹기였다.

매 길에 살던 아이들 가운데 한스와 특히 친했던 아이는 고아인 헤르만 레히텐하일이었다. 헤르만은 몸이 불편해서 그런지 조숙하고 조금 특이했다. 한쪽 다리가 짧아 지팡이를 짚고 다녀야 해서 다른 아이들과 어울리기가 어려웠다. 몸집이 마른 데다 얼굴에도 핏기가 없어 병약해 보였다. 입가에는 퉁명스러운 표정이 사라지지 않았으며, 턱이 아주 뾰족했다. 헤르만은 손재주가 뛰어나 뭐든 만들 수 있었다. 특히 낚시를 좋아해서 한스도 헤르만의 영향으로 낚시에 대한 열정을 키웠다. 그 당시 한스는 낚시 허가증이 없었지만 둘은 사람들 눈에 띄지 않는 곳에서 낚시를 하곤 했다. 낚시질 자체도 재미있었지만 모든 사람이 그렇듯 몰래 하는 것이어서 더 짜릿하고 즐거웠다.

헤르만은 한스에게 낚싯대 자르는 법과 말총을 꼬고 낚싯줄에 물을 들이는 법, 실로 둥글게 올가미를 만드는 법, 낚싯바늘 가는 법 등을 알려주었다. 또 날씨를 가늠하고 물을 보는 법, 쌀겨를 풀어 물을 흐리게 하는 법, 미끼를 제대로 골라 잘 끼우는 법, 물고기 종류를 구별하는 법을 가르쳐주었다. 물고기가 낚시에 걸린 걸 어떻게 아는지, 낚싯줄을 어떻게 늘여야 하는지도 알려주었다. 그냥 말로만 떠드는 게 아니라 실제로 시범을 보여주면서 줄을 당기고 놓을 때의 호흡법과 감각, 낚시를 제대로 하려면 알아야 하는 손의 미묘한 감각을 일러주었다. 헤르만은 목에 핏대까지 세워가며 가게에서 파는 말끔한 낚싯대나 코르크, 유리 줄 등 인공적인 도구를 무시했다. 반드시 낚시를 하는 사람의 손으로 직접 만든 도구여야만 물고기를 잘 낚을 수 있다고 주장했다.

핑켄바인 형제와는 다투고 헤어졌지만 말 없고 조용한 헤르만과는 한 번도 싸운 적이 없었다. 그러나 헤르만도 한스 곁을 떠났다. 2월의 어느 날 초라한 침대 위에서 자다가 갑자기 열이 올라 죽은 것이다. 소나무로 만든 지팡이가 침대 옆에 놓여 있었다. 매 길에 사는 사람들은 그 일을 곧 잊어버렸다. 하지만 한스는 오래도록 헤르만과 나눈 추억을 간직했다.

매 길에는 이상한 사람이 많았다. 술주정으로 결국 직장에서 잘린 우편배달부 뢰텔러만큼 유명한 사람이 또 있을까? 그는 두 주에 한 번꼴로 잔뜩 취해 길바닥에 누워 있거나 한밤중에 소란을 피우곤 했다. 하지만 평소에는 어린아이처럼 순진하고 다정한 미소를 띠고 있었다. 뢰텔러는 한스에게 타원형 담뱃갑을 내밀면서 냄새를 맡아보게 하고, 한스가 가져온 물고기에 버터를 발라 함께 구워 먹기도 했다. 그는 유리 눈알이 박힌 솔개 박제 장식품과 옛날 춤곡이지만 선명한 소리가 나는 낡은 시계를 갖고 있었다.

또 맨발이라도 커프스는 반드시 달고 다니던 늙은 기계공 포르슈! 그의 아버지는 엄격한 초등학교 선생이었기에 포르슈는 성서의 절반을 외울 줄 알고 격언이나 속담도 많이 외우고 있었다. 그렇지만 술에 취하면 여자들을 희롱하거나 주정을 부리곤 했다. 그는 술에 취한 채 한스 집 모퉁이에 있는 돌 위에 앉아 지나가는 사람을 부르면서 자신이 아는 격언들을 인용해 한바탕 연설을 늘어놓았다.

"어이, 한스 기벤라트 도련님. 내 말 좀 들어봐! 집회서(구약
성서 외경의 하나 – 옮긴이)에 이런 말이 있는 걸 알아? 다른 사람
에게 잘못된 충고를 하지 않고 그로 말미암아 나쁜 마음을 갖
지 않은 자는 행복하나니! 나무의 푸른 잎처럼 어떤 것은 떨어
지고 어떤 것은 피어나리니. 사람도 마찬가지야. 어떤 자는 죽
고 어떤 자는 태어나지. 바로 그런 거야. 이제 가도 좋다, 이 바
다표범 같은 놈아."

포르슈는 이런 경건한 격언만 아는 게 아니라 유령이나 전
설에 대한 이야기도 많이 알고 있었다. 처음에는 자신은 그런
이야기를 믿지 않는다는 듯 회의적이고 과장되게 내뱉는 말투
로 듣는 사람과 자신의 이야기를 무시하듯이 시작했다. 하지
만 이야기를 해나가면서 마치 겁을 먹은 듯 목을 움츠리고 소
리까지 낮췄다. 그리하여 나중에는 나지막하고 소름 끼치는
속삭임으로 끝내곤 했다.

이 가난하고 좁은 길은 무섭기도 하면서 종잡을 수 없는 괴
상한 매력으로 얼마나 많이 사람을 유혹했던가! 자물쇠 장수
브렌들레는 자신의 가게 문을 닫고 그냥 내버려둬 완전히 폐
허로 만들었다. 하지만 그대로 가게에서 살았다. 그는 하루 중
반나절은 작은 창가에 앉아 소란한 거리를 침울하게 바라봤
다. 그러다가 해진 옷을 입고 몰골이 더러운 아이라도 나타나

면 그 아이를 놀리며 귀나 머리카락을 잡아당기거나 온몸에 시퍼렇게 멍이 들 정도로 꼬집곤 했다. 그러던 어느 날 브렌들레는 계단에서 목을 맸다. 철삿줄에 매달린 모습이 너무도 비참해 아무도 가까이 가지 않으려 했다. 마침내 늙은 기계공 포르슈가 공구를 써서 줄을 끊었다. 그러자 혀를 쏙 내민 브렌들레의 시체가 앞으로 고꾸라지면서 계단을 굴러 구경꾼들 사이로 떨어졌다.

밝고 넓은 게르버 길에서 어둡고 습기 찬 매 길로 들어설 때마다 한스는 야릇하고 뭉클한 공기를 느꼈다. 즐거우면서도 무시무시한 압박감이나 호기심, 두려움, 공포를 느꼈다. 또 신나는 일이 벌어질 것 같은 설렘도 찾아왔다. 지금도 매 길은 도깨비 이야기나 기적, 생각지도 못한 흉측한 일이 벌어질 수 있는 유일한 장소였다. 또 요괴가 실제로 나타나 마술이나 마법을 부릴 것 같다는 생각이 드는 곳이었다. 그곳에는 전설이나 로이틀링의 통속문학을 읽을 때처럼 짜릿한 느낌이 있었다. 수업 시간에 압수당한 책 중에는 조넨비르틀레나 신더하네스, 메서카를레, 포스트미헬 같은 암흑가의 보스와 중죄인, 감옥에 가거나 처형된 모험가 들의 이야기가 있었다.

매 길 말고도 특별한 뭔가를 체험할 수 있는 어두운 다락방과 자신을 잊어버릴 정도로 집중할 수 있는 곳이 또 있었다. 그곳은 바로 근처에 있는 오래되고 커다란 가죽 공장이었다. 어두침침한 다락방에는 커다란 가죽이 매달려 있고, 지하실에는 비밀통로가 있었다. 저녁이 되면 리제가 아이들에게 재미있는 동화를 들려주던 곳도 여기였다. 맞은편의 매 길보다 조용하고 친숙하고 인간미도 있었지만 특히 수수께끼 같은 마력이 있었다. 제혁공들이 굴이나 지하실에서 가죽을 다루는 모습은 독특하고 재미있었다. 또 커다란 방들은 하품이 날 정도로 조용했지만 매혹적이기도 했다. 아이들은 무뚝뚝하고 사나운 주인을 무서워했다. 하지만 리제는 공장 안을 이리저리 돌아다니며 마치 엄마라도 되는 양 다른 아이들이나 새와 고양이, 강아지 들을 보호했다. 리제는 이상한 동화나 노래도 많이 알고 있었다.

지금 소년 한스의 꿈과 생각들은 이미 오래전에 알았던 이 세계에서 움직이고 있었다. 커다란 환멸과 절망을 경험하고 이제는 지나가 버린 행복했던 시절로 다시 돌아온 것이다. 그 시절 그는 희망에 차 있었고, 그의 앞에는 아주 커다란 마술의 숲이 펼쳐져 있는 듯했다. 그곳엔 무시무시한 위험과 저주에 걸린 보물, 에메랄드 성이 감춰져 있었다. 한스는 이 숲에 발을 조금 들여놓았지만 기적이 나타나기도 전에 벌써 지쳐버렸다. 그가 이번에는 내쫓긴 자가 되어 호기심을 품고 알 수 없는 신비가 서린 숲의 입구에 다시 선 것이다.

한스는 두세 번 매 길에 가봤다. 예전과 다름없이 어둡고 악

취가 났으며, 문 어귀에는 여전히 늙은이들이 앉아 있었다. 그리고 엷은 금발의 아이들이 허름한 옷을 입고 소리를 지르며 뛰어다녔다. 기계공 포르슈는 더 늙어서 이제는 한스를 알아보지 못했다. 한스가 엉거주춤 인사해도 떨리는 목소리로 건성으로 대꾸할 뿐이었다. '가리발디'라고 불리던 그로스요한과 로테 프로뮐러는 이미 죽었다. 우편배달부 뢰텔러는 아직 살아 있었다. 그는 아이들이 음악 소리가 나는 시계를 부숴버렸다고 하소연하며 한스에게 냄새 맡는 담배를 권하기도 하고 구걸하기도 했다. 핑켄바인 형제 이야기도 들었다. 형제 가운데 한 명은 담배 공장에 취직했는데 다 큰 어른이라도 된 것처럼 술을 많이 마신다고 했다. 다른 한 명은 일 년 전 교회 축성식에서 칼부림을 벌이고 자취를 감췄다고 했다. 모든 것이 한심스럽고 비참해 보였다.

어느 날 해 질 무렵, 한스는 가죽 공장에 갔다. 이 커다랗고 낡은 건물 안에 잃어버린 유년 시절과 기쁨이 숨어 있는 듯했다. 한스는 문을 지나 축축한 안뜰을 거쳐 건물 안으로 들어갔다. 구부러진 계단과 돌이 깔린 현관을 지나고 어두운 계단을 더듬거리며 올라가 다락방에 가봤다. 그곳에는 가죽이 펼쳐져 있었다. 코를 찌르는 가죽 냄새를 맡자 옛 추억이 떠올랐다. 계단을 내려와 뒤뜰로 가봤다. 무두질을 하는 구덩이가 있고, 무두질을 하고 남은 찌꺼기를 말리는 건조대도 좁다란 지붕을

이고 있었다. 예전과 변함없이 리제가 감자 바구니를 앞에 놓고 벽 옆 의자에 앉아 이야기를 하고 있었다. 그 옆에서 아이 몇 명이 귀를 기울이고 있었다.

한스는 어두운 문가에 서서 리제의 이야기를 들었다. 가죽 공장 마당에는 아늑한 평화와 안식이 흘렀다. 리제가 칼로 감자 껍질을 벗기는 소리와 아이들에게 말하는 목소리만 들릴 뿐이었다. 아이들은 조금도 움직이지 않고 얌전하게 웅크리고 있었다. 리제는 한밤중에 어린아이의 목소리가 성 크리스토포루스(어린아이 모습을 한 예수를 어깨에 메고 강을 건네주었다는 기독교 성인 ─ 옮긴이)를 불렀다는 이야기를 들려주고 있었다.

잠시 이야기를 듣던 한스는 어두운 현관을 조용히 빠져나와 집으로 돌아갔다. 그는 이제 다시는 어린아이가 될 수 없으며, 해 질 무렵 가죽 공장에 가서 리제의 이야기도 들을 수 없다는 사실을 깨달았다. 그 뒤로 한스는 가죽 공장이나 매 길에 가지 않았다.

6장

완연한 가을이었다. 검푸른 전나무 숲 속에는 여기저기에서 활엽수의 빨갛고 노란 나뭇잎들이 횃불처럼 반짝였다. 골짜기엔 벌써 짙은 안개가 내리고 이른 아침 물가에는 물안개가 피어올랐다.

창백한 얼굴의 예전 신학교 학생은 여전히 매일 집 밖에 나와 산책을 했다. 하지만 너무 힘들고 피곤해 단순히 말을 주고받는 일마저 피하고 있었다. 의사는 물약과 간유, 달걀을 먹고 냉수마찰을 하라고 권했다. 그런 처방이 효과가 없었던 데는 다 이유가 있었다. 모든 건강한 삶에는 나름의 목표와 내용이 있어야 하는데 젊은 한스에게는 그것이 없었던 것이다. 아버지는 한스를 서기로 만들거나 기술이라도 배우게 해야겠다고 마음먹었다. 아직은 한스의 몸이 허약해서 기력을 찾는 게 우선이었지만 그래도 앞날을 생각하면 이것저것 알아봐야 했다.

처음에 겪었던 혼란스러움도 나아지고 자살 생각도 사라진 한스는 흥분되고 변덕스러운 상태에서 벗어나 외골수적인 우울증 상태로 빠져들었다. 그리하여 부드러운 진흙탕에 빠지는 것처럼 서서히 저항도 없이 그 속으로 가라앉고 있었다.

지금 한스는 가을의 들판을 돌아다니며 계절이 주는 분위기에 압도당했다. 저물어가는 가을이나 조용히 떨어지는 낙엽, 갈색으로 변해가는 들판, 짙은 아침 안개, 다 자라 이젠 시들어가는 식물들을 보고 있으면 아픈 사람들이 그렇듯 절망적이고 슬픈 생각이 들었다. 이들과 함께 사그라지고, 함께 잠들고, 함께 죽어버리고 싶다는 생각이 들다가도 그의 젊음이 그것에 반발하고 끈질기게 삶에 집착했기에 더 힘이 들었다.

한스는 나무들이 노랗게 물들다가 갈색이 되고 헐벗어가는 모습을 바라봤다. 숲 속에서 뭉게뭉게 피어오르는 하얀 안개도 봤다. 마지막 과일을 거둔 뒤에 생명을 잃고 버려진 채 아무도 돌보지 않고 시들어가는 뜰을 바라봤다. 그리고 수영도 하지 않고 고기잡이도 끝나 마른 잎만 쌓여 있는 강가를 봤다. 가죽 공장 직공들만 추위를 견디며 일하고 있었다. 며칠 전부터 강물에는 과일즙을 짜내고 남은 찌꺼기가 떠내려가고 있었다. 과일즙 공장이나 물레방앗간에서 과일즙을 짜느라 한창 바쁜 시기였기 때문이다. 온 시내에 과일즙 냄새가 조용히 번져갔다.

아랫마을 물레방앗간에서 플라이크 아저씨가 작은 착즙기를 빌려 과일즙을 짠다며 한스를 불렀다.

물레방앗간 앞마당에는 크고 작은 착즙기와 짐수레, 과일을 가득 담은 바구니와 자루, 물통, 들통, 대야, 나무통, 산더미처럼 쌓인 짙은 갈색의 과일 찌꺼기, 나무로 만든 지렛대, 손수레, 빈 운반 도구 등이 널려 있었다. 착즙기는 삐걱거리거나 찍찍거리며 앓는 소리를 내기도 하고 떨리는 소리를 내기도 하며 돌아갔다. 대부분의 착즙기는 녹색 래커로 칠해놓았다. 이 녹색은 과일 찌꺼기의 황갈색과 사과 바구니 색깔, 옅은 녹색의 강물, 맨발의 아이들 그리고 맑게 갠 가을 하늘의 햇빛 등과 어우러져 환희와 삶의 기쁨, 풍요로움을 느끼게 해주었다. 사과를 깨무는 소리만 들어도 신맛이 느껴져 식욕을 돋웠다. 넓은 관에서 적황색 과일즙이 햇빛을 받으며 흘러나왔다. 그 광경을 보고 있으면 누구라도 맛을 보지 않을 수 없었다. 그러고는 계속 그 자리에 머물면서 눈물까지 글썽이며 달콤함과 상쾌함이 몸속을 흘러가는 느낌을 즐겼다. 달콤한 과일즙에서 나는 행복하고 감미로운 향기가 사방으로 퍼져나갔다. 일 년 중 가장 뛰어난 이 향기는 잘 익은 과일이 가져다주는 최고의 선물이었다.

겨울을 앞두고 이런 향기를 맡을 수 있다는 것은 정말 기분 좋은 일이었다. 사람들에게 감사의 마음을 품게 하고 좋았던 일들을 떠올리게 해주기 때문이다. 포근한 5월의 보슬비, 힘차게 내리는 여름의 빗줄기, 차가운 가을 아침의 이슬, 봄날의 부드러운 햇살, 무더운 여름날의 따가운 햇볕, 희고 새빨간 꽃, 수확을 앞둔 적갈색 열매 그리고 변해가는 계절과 함께 찾아오는 아름답고 즐거운 일들 말이다. 이 시기에는 누구나 풍요롭고 즐거웠다. 돈 많은 사람도, 결혼해 가정을 이룬 사람도 모두 편한 옷차림으로 나왔다. 이들은 잘 익은 커다란 사과를 들어 무게를 가늠해보고, 과일 포대 수를 세고, 공용으로 쓰는 은 잔에 과일즙을 따라 맛을 봤다. 과일이 한 포대밖에 없는 가난한 사람들은 물을 타 묽게 한 과일즙을 컵이나 질그릇에 담아 마셨다. 하지만 만족스럽고 즐거운 기분은 돈 많은 사람이나 가난한 사람이나 똑같았다. 사정이 있어 과일즙을 짜지 못한 사람들은 친지와 이웃을 찾아다니며 한 잔씩 얻어 마시고 사과도 받아갔다. 그러면서 이들은 전문 용어를 들먹이며 자신이 이 일을 잘 안다고 과시하곤 했다. 가난한 집 아이건, 부잣집 아이건 간에 아이들은 모두 작은 잔을 들고 돌아다녔다. 또 아이들의 손에는 사과와 빵도 들려 있었는데 옛날부터 과일즙을 먹을 때 빵을 같이 먹으면 배탈이 나지 않는다는 말이 전해 내려왔기 때문이다. 어린아이들의 떠드는 소리와 함께 분주하고 흥분에 들뜬 말소리가 여기저기서 들렸다.

"오, 한스. 이리 와! 이거 한 잔 마셔야지!"

"고맙습니다. 하지만 너무 많이 마셔서 이젠 배가 아플 지경
이에요."

"자네, 50킬로그램에 얼마 주었나?"

"4마르크. 썩 훌륭한 상품이지. 한번 먹어보게."

이따금 작은 소란이 벌어지기도 했다. 사과 자루가 미리 터
지는 바람에 사과들이 땅바닥에 뒹굴었다.

"이런, 일 났네. 내 사과야! 모두 좀 도와줘요."

그러면 사람들이 모여서 사과를 주웠다. 간혹 몇몇 개구쟁
이 아이들은 떨어진 사과를 슬쩍 자기 주머니에 넣기도 했다.

"이놈들아, 훔쳐가지 마! 먹고 싶으면 떳떳하게 말하고 먹어
야지, 훔치는 건 안 돼! 어서 내려놔라."

"어이, 여보게. 너무 그러지 마! 한 개 줘봐."

"야, 진짜 꿀맛이네! 정말 맛있어. 몇 통이나 나왔나?"

"두 통밖에 안 되네. 그래도 맛은 좋아."

"한여름에 사과를 짜지 않는 게 얼마나 다행인가. 만약 여름
이었다면 짜는 대로 그냥 다 마셔버렸을 거야."

올해도 여느 때와 마찬가지로 까다로운 노인 서넛이 보였
다. 그들은 이미 오래전에 과일즙 짜는 일을 그만두었지만 많
은 것을 알고 있었다. 과일을 거저 얻다시피 했던 예전 이야기

를 늘어놓으며, 그때는 과일즙에 설탕 탈 생각을 아예 안 했다거나 열매도 지금과 달랐다고 했다.

"그땐 그래도 수확한다고 말할 수 있었지. 사과나무 한 그루에서 250킬로그램이나 땄으니까 말이야."

시절이 나빠졌다고 하면서도 이 염치없는 노인들은 올해도 과일을 얻느라 정신이 없었다. 아직 이가 남은 노인은 사과를 베어 먹으며 돌아다녔다. 커다란 배를 너무 많이 먹은 노인은 배탈이 나기도 했다. 노인이 말했다.

"나 참, 예전엔 이런 걸 한 번에 열 개씩 먹어도 끄떡없었는데 말이지."

그러고는 한숨을 쉬면서 그렇게 많이 먹어도 멀쩡했던 시절을 그리워했다.

플라이크 씨는 사람들이 북적거리는 한가운데에 착즙기를 세우고 나이 든 조수의 도움을 받으며 과일즙을 짰다. 그는 바덴에서 사과를 사오기 때문에 그의 사과즙은 언제나 최상급이었다. 그는 이런 사실에 내심 만족하면서 '맛 좀 보려는 사람'이라면 누구나 환영했다. 그의 아들들은 아버지보다 더 신이 나서 복잡한 사람들 사이를 뛰어다녔다. 그러나 겉으로 드러내진 않았지만 누구보다 만족한 사람은 플라이크 씨의 조수였다. 조수는 두메산골에 사는 가난한 농부 출신으로 이렇게 밖에서 활기차게 움직이며 일할 수 있다는 게 정말 즐거웠다. 자신에게 익숙한 일이기도 하고 품질 좋은 달콤한 과일즙까지 마실 수 있어 더할 나위 없이 만족스러웠다. 이를 드러내고 웃고 있는 건장한 산골 청년의 얼굴은 사티로스(그리스 신화에 나오는 자연의 정령으로 장난꾸러기이고 호색한이다 – 옮긴이) 가면을 쓴 듯했다. 평소에 구둣방 직공으로 일하는 그의 손이 오늘은 어느 일요일보다도 깨끗했다.

한스 기벤라트는 처음에는 이곳이 불안하고 어색하기만 했다. 오고 싶어서 온 것이 아니었다. 첫 번째 착즙기를 지나치는데 누군가 과일즙을 주었다. 나숄트 집안의 리제였다. 과일즙을 마시는 동안 달콤한 맛과 함께 어릴 적 즐거웠던 가을날의 추억이 떠올랐다. 그러자 사람들과 이 축제를 좀 더 즐기고 싶다는 마음이 생겼다. 한스는 친척들과 이야기를 나누고 과일즙도 몇 잔 더 얻어 마셨다. 플라이크 씨의 착즙기까지 왔을 때는 분위기에 완전히 젖은 데다 과일즙에도 취해 기분이 좋은 상태였다. 한스는 구둣방 주인에게 즐겁게 인사하고 심지어 조금 까불기도 했다. 구둣방 주인은 그런 모습에 놀라면서도 기쁘게 맞아주었다.

삼십 분쯤 지났을 때 푸른색 치마를 입은 처녀가 다가왔다. 그녀는 플라이크 씨와 조수에게 웃으며 인사하고 일을 거들기 시작했다.

"한스, 인사해라. 이 아이는 하일브론에서 온 내 조카 에마란다. 이 앤 이런 일에 익숙하지 않을 거야. 이 아이 고향에선 포도가 많이 나거든."

그녀는 열여덟이나 열아홉 살쯤으로 저지대 지방 사람처럼 보였다. 마른 체격에 키가 크지는 않았지만 몸매가 예뻤다. 둥근 얼굴에 다정해 보이는 눈, 키스하고 싶은 예쁜 입이 쾌활하고 명랑한 느낌을 주었다. 건강하고 밝은 하일브론의 처녀처럼 보였지만 아무리 봐도 신앙심 깊은 구둣방 주인의 친척 같지는 않았다. 그녀는 조금 세속적으로 보였다. 그리고 그녀의 눈은 해 질 무렵이나 한밤에 성서와 고스너의 『보석 상자』를 읽을 것 같아 보이지도 않았다.

한스는 갑자기 혼란스러워 에마가 빨리 가버리기를 바랐다. 하지만 그녀는 계속 웃고 조잘거리며 다른 사람들의 농담에도 일일이 재치 있게 대꾸했다. 한스는 부끄러워서 아무 말 없이 조용히 있었다. '당신'이라고 예의를 갖춰 불러야 할 것 같은 젊은 처녀와 말을 나눈다는 게 어색하기만 했다. 에마는 전혀 개의치 않고 조잘거렸다. 게다가 한스가 옆에 있든, 수줍어하든 신경 쓰지 않는 듯 보였다. 한스는 당황스럽기도 하고 기분도 상해서 마치 수레바퀴에 닿은 달팽이처럼 더듬이를 움츠리고 껍데기 속으로 들어가버렸다. 일부러 싫증이 난 것처럼 입을 다물고 있으려 했지만 잘되지 않았다. 그래서 마치 누가 죽기라도 한 것처럼 얼굴을 찌푸리고 있었다.

하지만 아무도 한스에게 관심을 두지 않았다. 에마는 더욱
더 그랬다. 두 주 전에 이곳에 왔다고 했는데 벌써 마을 사람들
을 다 알고 있었다. 상대방이 누구건 전혀 상관하지 않고 아무
나 쫓아다니면서 새로 짠 과일즙을 권하기도 하고, 장난을 치
며 웃기도 하고, 그러다가 다시 일을 열심히 돕는 척하기도 했
다. 아이들을 안고 사과를 주기도 하고 가는 곳마다 수다스러
운 웃음과 즐거움을 선사했다. 길 가는 아이를 붙잡고 사과를
주겠다며 빨갛고 큰 사과를 한 개 들어 뒤로 감춘 다음 "어느
손에 있을까? 맞히면 사과를 줄게"라며 장난을 걸었다. 하지만
한 번도 제대로 맞히는 아이는 없었다. 아이들이 투덜거리면
그때는 작고 파란 사과를 내밀었다. 에마는 벌써 한스 이야기
도 알고 있는 듯했다. 에마가 물었다.

"당신이 항상 두통을 달고 산다는 그 사람인가요?"

하지만 한스가 대답하기도 전에 그녀는 이미 옆에 있는 사
람과 다른 이야기를 하고 있었다.

한스가 조용히 그 자리를 떠나려 하자 플라이크 아저씨가
핸들을 쥐여주며 말했다.

"자, 좀 더 계속해주렴. 에마가 도와줄 거야. 나는 일하러 가
야겠구나."

플라이크 아저씨는 조수에게 주인아주머니와 함께 과일즙

을 나르라고 시키곤 그 자리를 떠났다. 한스와 에마만 남게 되었다. 한스는 이를 악물고 마치 적을 상대하는 것처럼 열심히 일에만 집중했다.

갑자기 핸들이 돌아가지 않았다. 이상해서 고개를 들자 에마가 깔깔거리며 웃었다. 그녀가 반대쪽을 잡고 버티면서 장난을 치고 있었던 것이다. 한스는 화가 나서 핸들을 당겼지만 에마는 계속 버텼다. 한스는 아무 말도 하지 않았다. 갑자기 에마가 몸으로 누르고 있는 핸들을 당기는 게 부끄럽다는 생각이 들자 계속해서 돌릴 수가 없었다. 한스는 핸들을 멈췄다. 달콤한 불안감이 몰려들었다. 에마가 대담하게 자신을 보면서 웃자 갑자기 그녀가 다정하게 느껴지면서도 어색한 기분이 들었다. 한스도 살짝 웃었다. 하지만 어딘가 부자연스러웠다.

결국 핸들은 완전히 멈췄다. 그러자 에마가 말했다.

"우리, 쉬엄쉬엄 해요."

그러고는 자신이 반쯤 마시고 남은 과일즙 컵을 내밀었다. 그 과일즙은 다른 어떤 것보다도 달게 느껴졌다. 과일즙을 다 마셔버린 한스는 갑자기 심장이 심하게 두근거려 숨을 쉬기가 어려웠다. 그는 이런 자신이 이상했다.

두 사람은 다시 일을 시작했다. 한스는 에마의 치마와 손이 닿는 곳으로 가까이 가려 하는 자신을 느꼈다. 그때마다 그의 심장은 심하게 뛰고 불안했지만 설레는 마음에 숨을 쉴 수가 없었다. 달콤하고 기분 좋은 현기증이 일어나 무릎이 떨리고 머릿속에서 윙윙 소리가 났다.

한스는 자기가 무슨 말을 하고 있는지도 몰랐다. 하지만 에마의 이야기를 듣고 질문을 하거나 대답도 했다. 그녀가 웃으면 따라 웃고 바보 흉내를 내면 손가락을 흔들며 싫다고도 했다. 그러는 동안 과일즙을 두 컵이나 받아마셨다. 수많은 기억이 스쳐갔다. 해가 지면 남자들과 함께 문간에 서 있던 하녀들, 이야기책에 나오는 문장들, 헤르만 하일너와의 입맞춤, '여자들'이나 '여자 친구가 생긴다면……' 등을 화제로 학생들 사이에 오갔던 많은 이야기와 비밀스러운 대화가 생각났다. 한스는 산을 올라가는 노새처럼 숨이 가빠졌다.

자신을 둘러싼 모든 것이 달라 보였다. 사람들도, 바쁜 움직임도 화려하게 웃고 있는 구름처럼 녹아드는 듯했다. 사람들의 목소리와 욕설과 웃음소리가 아득한 혼란 속으로 사라지고, 시내의 풍경과 오래된 다리는 멀리 있는 한 폭의 그림처럼 보였다.

에마의 모습도 달라 보였다. 한스는 그녀의 얼굴을 보고 있지 않았다. 검고 맑은 눈과 붉은 입술, 뾰족하게 솟은 이 말고는 아무것도 보이지 않았다. 그녀의 모습도 녹아 없어진 듯했다. 단지 하나하나의 부분만 보일 뿐이었다. 검은 양말을 신은 반장화와 목덜미에 흩어진 곱슬머리가 보였다. 푸른색 머플러

사이로 햇볕에 그을린 둥근 목덜미가 보였고, 탄탄한 어깨와 그 아래 숨을 쉴 때마다 물결치는 가슴과 빨갛게 비치는 귀가 보였다.

에마가 컵을 물통에 떨어뜨렸다. 그러고는 컵을 주우려고 허리를 굽히면서 무릎으로 한스의 손을 눌렀다. 한스도 서서히 몸을 굽히자 그의 얼굴이 에마의 머리카락에 닿을락 말락 했다. 그녀의 머리카락에서 향기가 풍겼다. 흐트러진 곱슬머리 사이로 파란 윗도리 속에 감춰진 갈색 목덜미가 보였다. 윗도리는 호크로 단단히 채워져 있었는데 그 틈으로 목덜미가 살짝 더 보였다.

에마가 몸을 일으켰다. 그때 그녀의 무릎이 다시 한스의 팔을 스치고 머리카락이 한스의 뺨에 닿았다. 허리를 굽혔다 일어나서 에마의 얼굴은 달아올라 있었다. 한스는 온몸이 심하게 떨렸다. 얼굴이 창백해지고 갑자기 엄청난 피로감이 몰려와 착즙기에 매달려야 했다. 심장은 경련을 일으킨 듯 아프고 팔 힘이 빠지면서 어깨까지 아팠다.

이때부터 한스는 한마디도 하지 않고 에마의 눈을 피했다. 하지만 에마가 옆으로 쳐다보는 게 느껴지면 한 번도 맛보지 못한 쾌감과 야릇한 기분이 들었다. 그의 가슴속에서 뭔가가 끊어지면서 길게 뻗은 이국적인 푸른 해안이 있는 신기하고 매력적인 신세계가 열렸다. 고통스럽지만 달콤한 이런 감정이 뭔지 아직은 알지 못했다. 그저 막연하게 느낄 뿐이었다. 고통과 쾌감 가운데 어느 쪽이 더 큰지도 알 수 없었다.

쾌감은 젊은 사랑의 시작과 힘찬 생명의 시작을 의미했다. 그리고 고통은 아침의 평화가 깨지고 이제 그의 영혼이 어린 아이의 세계를 떠나 두 번 다시 돌아올 수 없음을 뜻했다. 최초의 난파 위기를 간신히 모면한 그의 조각배가 이제 새로운 폭풍과 숨어 있는 심연, 위험한 암초 근처로 들어간 것이다. 훌륭한 지도자라 해도 이 길을 뚫고 나가는 데 안내자가 되지는 못한다. 오직 자신의 힘으로만 이곳을 벗어날 수 있다.

그때 마침 조수가 돌아와 작업을 교대했다. 한스는 잠깐 그대로 있었다. 다시 한번 에마와 몸이 닿거나 그녀가 말을 걸어 주기를 기대했던 것이다. 하지만 에마는 다른 착즙기를 돌아다니며 떠들고 있었다. 한스는 조수의 눈치를 보며 인사도 하지 않고 슬그머니 그 자리를 벗어나 집으로 돌아갔다.

모든 것이 이상하게 변한 듯했다. 낟알을 주워 먹고 살이 찐 가을 참새들이 시끄럽게 지저귀며 하늘을 날고 있었다. 하늘이 이렇게 높고 아름다우며 눈물이 날 정도로 파랗다고 느낀 적이 없었다. 강물이 이렇게 맑았던 적도 없고, 둑에 이는 거품이 이처럼 눈부시게 하얗던 적도 없었다. 어느 것이나 모두 환하게 비치는 새 유리창으로 바라보는 세상처럼 깨끗하게 보였다. 온 세상이 큰 축제를 앞두고 있는 것 같았다. 마음속에서 신기하고 대담한 감정과 이상하고 황홀한 희망이 격렬하게 일어나 숨이 막히도록 가슴을 조였지만 싫지는 않았다. 그러나 이것은 꿈일 뿐 결코 현실이 될 수 없다는 불안한 마음도 들었다. 이 상반된 감정이 마음속에서 부풀어 오르고 있었다. 그리고 아주 강한 뭔가가 그의 마음속에서 자유의 날개를 펼치려고 하는 듯했다. 그것은 어떤 흐느낌 같기도 하고 노래나 통곡, 커다란 웃음 같기도 했다. 집에 돌아와서야 흥분이 간신히 가라앉았다. 물론 집에서는 평소와 다름없이 행동했다.

아버지가 물었다.

"어디 갔다 왔니?"

"물레방앗간 플라이크 아저씨한테 갔다 왔어요."

"그래, 그 사람은 몇 통이나 짰다고 하든?"

"두 통쯤 되는 것 같았어요."

한스는 우리도 과일즙을 짤 때 플라이크 아저씨네 사람들을 부르자고 했다. 아버지가 대답했다.

"물론 불러야지. 다음 주에 하는 게 좋겠구나. 그때 모두 데려와라."

저녁 식사를 하려면 한 시간이나 기다려야 했다. 한스는 마당으로 나갔다. 전나무 두 그루만 푸른색을 띠고 있었다. 개암나무 가지 하나를 꺾어 허공에 휘두르자 나뭇잎이 떨어졌다. 해는 이미 넘어갔고, 머리카락만큼 가느다란 잎이 뾰족하게 솟은 전나무 뒤로 산의 윤곽만 시커멓게 보였다. 산은 맑게 갠 초록빛 하늘을 가로지르고 있었다. 갈색 저녁노을에 물든 회색빛 구름도 집으로 돌아가는 배처럼 황금빛 하늘을 가르며 골짜기 위쪽으로 천천히 한가롭게 흘러가고 있었다.

한스는 여느 때와 달리 석양 무렵의 풍성한 아름다움에 마음을 빼앗겨 마당에서 계속 머물렀다. 이따금 걸음을 멈추고 눈을 감은 채 에마의 모습을 떠올리기도 했다. 착즙기 옆에서 그와 마주 서 있던 모습, 자신이 마시던 컵을 내밀던 모습, 통위에 엎드렸다가 얼굴이 빨갛게 물들어서 일어나던 모습을 다시 한번 그려보려고 했다. 그녀의 머리카락과 몸에 꼭 끼는 옷, 검은 머리카락 때문에 갈색으로 그늘진 목덜미도 떠올랐다. 그는 이 모든 것에서 쾌감과 전율을 느꼈다. 다만 그녀의 얼굴만은 아무리 애를 써도 떠오르지 않았다.

해가 완전히 저문 뒤에도 한스는 추위를 느끼지 않았다. 짙어지는 황혼은 알 수 없는 비밀에 싸인 면사포 같았다. 하일브론에서 온 여자를 좋아하게 되었다. 한스의 핏속에서 남성의 혈기가 움직이기 시작한 것이었다. 그러나 정작 그 주인공은 자신의 이런 변화를 정확히 깨닫지 못한 채 막연하게 들뜨고 피곤한 기분이라고만 여겼다.

저녁 식탁에 앉은 한스는 달라진 게 하나도 없는 방 안에서 자신만 완전히 변해버린 듯한 느낌이 들었다. 아버지나 아나 할멈, 식탁, 가구 등 방 안에 있는 모든 것이 낡아 보였다. 그는 긴 여행에서 이제 막 돌아온 것처럼 놀라움과 서먹서먹함과 애정을 느끼며 그리운 심정으로 방 안을 둘러봤다.

나뭇가지에 매달려 이 세상을 벗어나려고 했던 예전에는 똑같은 사람들과 사물을 보면서 떠나는 사람의 쓸쓸한 우월감으로 바라봤다. 하지만 지금은 그 모든 것이 놀라울 뿐이었다. 그것은 이제 다시 내 것이 되었다는 안도의 느낌이기도 했다.

저녁을 먹고 한스가 막 일어서려고 할 때 아버지가 단도직입적으로 물었다.

"한스야! 넌 기계공이 될 거냐, 아니면 서기가 될 거냐?"

한스는 놀라며 물었다.

"예?"

"다음 주말에 기계공 슐러 아저씨네 수습공으로 들어가거나 그다음 주에 읍사무소 수습생으로 들어갈 수 있단다. 잘 생각해보고 내일 다시 이야기하자."

한스는 밖으로 나왔다. 아버지의 갑작스러운 말에 혼란스러워졌다. 몇 달 동안 멀리해온, 활발하고 분주한 매일의 일상이 갑자기 앞으로 다가왔다. 마음이 끌리기도 했지만 뭔가를 강요당하는 듯한 기분도 들었다. 한스는 기계공도, 서기도 되고 싶지 않았다. 특히 육체적으로 힘든 일은 자신이 없었다. 그때 친구 아우구스트가 생각났다. 그는 지금 기계공이니까 자세한 사정을 알아볼 수 있을 것이다.

　이런 생각을 하면서 한스는 점점 멍해졌다. 서두르지 않아도 되고 중요한 일도 아니라고 생각했다. 자신의 마음속에서 일어나고 있는 것, 자신을 사로잡고 있는 것이 정확하게 뭔지는 몰랐다. 하지만 그래도 이런 일은 아니었다. 한스는 초조하게 문간을 서성거리다가 갑자기 모자를 집어 들고 거리로 나갔다. 에마를 꼭 만나야 할 것 같은 생각이 들어서였다.

　이미 날이 어두워졌다. 근처 식당에서 사람들이 떠드는 소리와 목쉰 노랫소리가 들려왔다. 집집마다 등불이 켜지면서 희미한 빨간 불빛이 어두운 창문 밖으로 내비쳤다. 젊은 처녀들 여럿이 줄지어 걷고 있었다. 그들은 서로 팔짱을 낀 채 큰 소리로 웃고 재잘거리면서 가벼운 발걸음으로 좁은 길을 걸어 내려갔다. 희미한 불빛 속에서 그들의 그림자가 흔들렸고, 젊음과 환희의 따뜻하고 커다란 파도가 거리를 휩쓸고 지나가는 듯했다. 한스는 오랫동안 그들의 뒷모습을 지켜봤다. 한스의 심장 소리가 목구멍까지 고동쳤다. 커튼이 쳐진 창문 안에서 바이올린 소리가 들려왔다. 우물가에서는 한 여인이 상추를 씻고 있었다. 다리 위에서는 연인 두 쌍이 데이트를 하고 있었다. 한 쌍은 서로 손을 잡고 있었는데 남자가 여자의 손을 잡고 흔들면서 여송연을 피우고 있었다. 또 한 쌍은 서로 몸을 붙이고 걷고 있었는데 남자가 여자 허리를 안고 여자는 남자 가슴에 기대고 있었다. 이런 모습은 예전에도 많이 봐왔기에 그리 관심을 두지 않았지만 오늘 밤 한스에게는 어쩐지 달콤하게 다가왔다. 그는 두 커플을 한참 바라봤다. 뭔가를 알 것 같은 황홀한 예감이 들었다. 어떤 커다란 비밀에 다가서고 있는 듯했다. 그 비밀이 달콤할지, 무서울지 알 수 없었지만 만져볼 수 있을 정도로 가까워지고 있었다.

한스는 한참을 걸어 플라이크 아저씨 집 앞에 도착했지만 안으로 들어갈 용기가 나지 않았다. 들어가면 뭘 해야 하고 무슨 말을 해야 할까? 예전에 한스가 열한두 살 무렵에는 자주 놀러 왔다. 그러면 플라이크 아저씨는 성경 이야기를 들려주었다. 한스가 지옥과 악마와 성령에 대해 꼬치꼬치 질문을 퍼부어도 하나하나 잘 대답해주곤 했다. 하지만 그 추억은 지금 한스의 마음을 어둡게 했다.

한스는 자신이 뭘 하고 싶어 하는지, 진정으로 원하는 게 뭔지 전혀 알 수 없었다. 하지만 자신이 비밀스럽고 금지된 뭔가를 원하고 있다는 것만은 분명했다. 집 안에 들어가지 않고 계속 어두운 문 앞에 서 있는 것은 플라이크 아저씨를 봐서라도 옳지 않은 행동인 듯했다. 만일 이곳에 서 있는 모습을 들키거나 문을 열고 나오는 아저씨와 마주친다면 꾸지람 대신 놀림을 받을지도 몰랐다. 한스는 그게 가장 두려웠다.

한스는 집 뒤로 살금살금 걸어갔다. 그곳에서는 울타리 너머로 불이 켜진 거실이 보였다. 아저씨는 보이지 않고 아주머니가 바느질이나 뜨개질을 하는 듯했다. 아이들은 아직 자지 않고 책상 앞에 앉아 공부하고 있었다. 에마는 청소를 하는 것 같았는데 왔다 갔다 하고 있어서 잘 보이지 않았다. 주위가 아주 조용해서 멀리서 나는 발소리와 뜰 저편으로 흐르는 강물 소리도 선명하게 들렸다. 어둠이 짙어지고 날씨가 차가워졌다.

거실 창문 옆으로 캄캄한 복도 창문이 나 있었다. 한참 뒤 이 창에 누군가 나타나 창문을 열고 밖을 내다봤다. 그 모습을 보고 에마라는 걸 알았다. 한스는 불안과 기대로 심장이 멎는 듯했다.

에마는 창가에 가만히 서서 이쪽을 한참 바라봤다. 그녀가 자신을 보고 있는지, 또 누구인지 알아차렸는지 알 수가 없었다. 한스는 꼼짝도 하지 않고 그녀를 뚫어지게 바라봤다. 그녀가 자신을 알아보기를 바라면서도 그럴까 봐 불안하고 두렵기도 했다.

창가에 나타났던 그림자가 사라지더니 마당으로 난 작은 문이 열렸다. 에마가 밖으로 나오고 있었다. 한스는 도망치고 싶었지만 그대로 그 자리에 서 있었다. 그리고 에마가 어두운 마당을 지나 자신에게 천천히 걸어오는 것을 바라봤다. 그녀가 한 걸음 한 걸음 가까이 올 때마다 도망치고 싶었던 그를 뭔가 강한 힘이 붙들었다.

에마가 왔다. 두 사람 사이엔 낮은 담장이 있었지만 반걸음 도 안 되는 거리에 에마가 있었다. 그녀는 한스를 오랫동안 뚫어지게 바라봤다. 두 사람은 아무 말도 하지 않았다. 마침내 에마가 낮은 목소리로 말했다.

"너 왜 여기 있어?"

한스가 대답했다.

"그냥 와봤어."

에마가 '너'라고 친근하게 불러주자 마치 그녀가 살갗을 어루만져주는 듯했다.

에마가 울타리 너머로 손을 내밀었다. 한스는 수줍어하면서 도 그 손을 잡고 힘을 주었다. 그녀가 손을 빼지 않자 한스는 용기를 내어 따뜻한 손을 조심스럽게 어루만졌다. 그래도 그녀가 가만히 있자 이번에는 자신의 뺨에 갖다 댔다. 온몸이 쾌감에 휩싸이고 더워지면서 힘이 빠졌다. 주변 공기는 미지근하고 습했다. 길도 마당도 보이지 않고 오직 자신의 눈앞에 있는 에마의 하얀 얼굴과 흐트러진 검은 머리카락만 보였다.

그때 에마가 아주 작은 목소리로 속삭였다.

"키스해줄래?"

그 소리는 아주 머나먼 밤하늘 저 건너편에서 들려오는 것 같았다.

에마의 하얀 얼굴이 다가왔다. 그 바람에 담장의 판자가 조

금 앞으로 밀려왔다. 향수 냄새가 나는 그녀의 머리카락이 한
스의 이마를 스치고, 하얗고 넓은 눈꺼풀과 까만 속눈썹에 덮
인 그녀의 감은 눈이 가까이 다가왔다. 가만히 그녀의 입술이
닿자 한스는 온몸이 심하게 떨렸다. 그는 순간적으로 뒤로 물
러나려 했다. 하지만 에마는 두 손으로 그의 얼굴을 잡고 불타
오르는 듯한 입술로 그의 입술을 내리눌렀다. 마치 한스의 생
명이라도 마셔버릴 듯한 격렬한 키스였다. 한스는 온몸의 힘
이 풀렸다. 그녀와 키스하는 동안 느꼈던 쾌감은 정신이 나갈
듯한 피로와 고통으로 변했다. 그녀가 입술을 떼자 그는 비틀
거리면서 경련이라도 난 듯 떨리는 손가락으로 울타리를 단단
히 붙잡았다.

"내일 밤에 또 와."

에마는 이렇게 말하고 집 안으로 들어갔다. 그녀가 들어간
지 오 분도 지나지 않았지만 꽤 오랜 시간이 흐른 것 같았다.
한스는 흐려진 눈초리로 에마가 들어가는 모습을 지켜보면서
담장을 붙잡고 있었다. 너무 피곤해서 한 걸음도 걷지 못할 듯
했다. 한스는 몽롱한 기분으로 자신의 피가 흐르는 소리를 들
었다. 피는 머릿속에서 방망이질을 하고 거센 파도를 일으키
고 심장을 지나면서 숨을 멎게 했다.

문이 열리면서 구둣방 아저씨가 들어오는 게 보였다. 지금

까지 일하다 온 듯했다. 한스는 다른 사람의 눈에 띨까 봐 겁이
나 그 자리에서 도망쳤다. 그는 마치 취한 사람처럼 제대로 걷
지 못했다. 걸음을 뗄 때마다 금방이라도 무릎이 꺾일 것 같았
다. 박공지붕과 음침한 붉은색 창문이 있는 어두운 골목길이
졸면서 색 바랜 무대의 배경처럼 눈앞을 스쳐 지나갔다. 게르
버 길의 분수에선 물이 큰 소리를 내며 솟아오르고 있었다. 한
스는 꿈을 꾸는 듯한 기분으로 문을 열고 캄캄한 복도를 지나
계단을 올라갔다. 문을 하나하나 열고 닫은 다음 책상 앞에 앉
았다. 잠시 뒤 정신을 차려보니 자신의 방이었다. 다시 한참을
멍하니 앉아 있다가 옷을 벗었다. 그러고는 벌거벗은 채 창가
에 앉았다. 그는 가을밤의 냉기를 느끼고 몸을 떨며 이불 속으
로 뛰어들었다. 곧 잠이 올 것 같았지만 몸이 따뜻해지자 다시
가슴이 뛰면서 피가 거칠게 끓어오르기 시작했다. 눈을 감으
면 아직도 에마의 입술이 그의 영혼을 빨아당기고 온몸을 따
뜻하게 해주는 듯했다.

늦게야 잠이 든 한스는 꿈속에서도 시달렸다. 무섭도록 깊
은 어둠 속에서 주위를 두리번거리며 에마의 팔을 붙잡았다.
두 사람은 꼭 끌어안은 채 천천히 따뜻하고 깊은 물속으로 가
라앉았다. 갑자기 구둣방 아저씨가 나타나 왜 찾아오지 않느
냐고 물었다. 그때 한스가 웃었다. 그는 플라이크 아저씨가 아
니라 마울브론 신학교의 기도실 창가에 나란히 앉아 장난을

치던 헤르만 하일너였던 것이다. 갑자기 그 모습이 사라지고 한스는 과일 착즙기 앞에 서 있었다. 에마가 핸들을 거꾸로 잡은 채 버티고 있었고, 한스는 기계를 돌리려고 애썼다. 에마가 한스 쪽으로 엎드려 그의 입술을 찾았다. 주위가 조용하고 캄캄해지더니 또다시 따뜻하고 어두운 물속으로 가라앉고 있었다. 현기증이 나고 죽음에 대한 공포로 정신이 아득해졌다. 교장의 훈시가 들려왔다. 그 내용이 한스 자신에 대한 것인지는 알 수 없었다.

한스는 아침 늦게까지 잤다. 아주 화창하고 좋은 날이었다. 한스는 한참 동안 마당을 서성이면서 잠을 깨고 머릿속을 맑게 하려 애썼다. 하지만 여전히 졸음이 가시지 않았다. 마당에는 보라색 과꽃 한 송이가 아직도 8월인 듯 아름답게 피어 있었다. 따뜻하고 포근한 햇살이 마치 이른 봄날처럼 작고 시든 가지들과 잎이 다 떨어진 덩굴 주위에 내리쬐었다. 한스는 그 광경을 아무 생각 없이 물끄러미 바라봤다. 갑자기 이 뜰에서 토끼가 뛰어다니고 물레방아가 움직이던, 지나간 어느 시간이 떠올랐다. 삼 년 전 9월 어느 날, 스당 축제 전날이었다. 아우구스트가 담쟁이덩굴을 들고 찾아왔다. 둘은 황금빛 깃대를 번쩍거리도록 닦고 깃대 끝에 담쟁이덩굴을 달아맸다. 그러고는 다음 날 벌어질 일을 이야기하며 내일이 오기를 손꼽아 기다렸다. 단지 그것뿐이었지만 둘의 마음속은 축제에 대한 기대와 기쁨으로 가득 차 있었다. 아나 할멈은 자두를 넣은 과자를 굽고 있었다. 밤에는 높은 바위에서 축제를 알리는 불을 피울 것이다.

한스는 왜 하필 지금 그날 밤 일이 생각나는지, 그 추억이 그렇게 아름답고 강하게 떠오르는지 그리고 왜 슬프고 비참한 생각이 드는지 알 수 없었다. 자신의 유년과 소년 시절이 추억이라는 옷을 입고 자신에게 작별을 고한 뒤 다시는 돌아오지 않을 지나간 시간의 커다란 행복의 흔적을 남기려고 되살아났음을 몰랐던 것이다. 한스는 그 기억이 지난밤 에마와의 일과 어울리지 않으며, 그의 내면에 옛날의 즐거움과는 다른 어떤 감정이 생겨났다고만 생각했다. 황금빛 깃대의 끝이 다시 번쩍거리고 갓 구운 과자 냄새가 나는 것 같았다. 그리고 이제는 그런 즐거움과 행복이 사라져버린 듯했다. 한스는 절망스러운 기분이 들어 꺼칠꺼칠한 전나무에 기대 흐느껴 울기 시작했다. 그러고 나자 마음이 조금 가라앉았다.

정오 무렵 한스는 아우구스트를 찾아갔다. 아우구스트는 이미 일급 도제였는데 예전보다 살도 찌고 키도 많이 컸다. 한스는 자신도 기계공이 되고 싶다고 했다. 그러자 아우구스트는 세상 물정을 다 아는 듯한 표정을 지으며 이렇게 말했다.

"그렇게 쉬운 일이 아니야. 만만한 일은 아닐걸. 어쨌거나 너는 몸도 약하잖아. 처음 일 년 동안은 싫증이 날 정도로 망치

질만 해야 해. 망치질은 숟가락질하고는 다르니까. 또 쇳덩이를 나르고 저녁에 일을 마칠 무렵에는 뒷정리도 해야 해. 줄을 미는 것도 무척 힘든 일이야. 처음에는 훈련용으로 헌 줄을 주는데 날이 없어서 원숭이 엉덩이처럼 미끈미끈하지."

한스는 갑자기 겁이 나고 자신이 없어졌다. 그래서 조심스럽게 물었다.

"그럼 하지 말라고?"

"그런 뜻은 아니야! 춤추는 것처럼 처음부터 쉽고 재미있는 일이 아니라는 뜻이지. 하지만 어쨌든 기계공이 된다는 건 좋은 일이야. 머리도 좋아야 해. 그렇지 않으면 그저 그런 대장장이밖에 안 되거든. 하나 보여줄게."

아우구스트는 번쩍번쩍 빛나는 부속품 몇 개를 갖고 왔다. 모두 작지만 정밀해 보였다.

"이건 0.5밀리미터라도 틀리면 안 돼. 나사까지 전부 손으로 만들거든. 눈을 크게 뜨고 잘 봐. 이걸 갈아서 단단하게 만드는 거야."

"아주 정밀하네. 이런 일이었구나. 내가 궁금한 건······."

아우구스트가 웃으며 말했다.

"걱정돼서 그래? 물론 수습공들은 구박도 받지. 그건 당연한 거야. 하지만 내가 있으니까 걱정하지 마. 다음 금요일부터 일을 시작하면 내가 도와줄게. 난 다음 토요일이면 만 이 년간의 수습공 생활을 마치고 처음으로 주급을 받거든. 일요일에 축하 파티를 할 텐데 사람들이 모두 올 거니까 너도 와. 그럼 이곳을 더 잘 알 수 있을 거야. 그래, 그렇게 하자. 우린 원래 친한 친구였잖아."

한스는 식사를 하며 아버지에게 기계공이 되고 싶다고 했다. 그리고 일주일 뒤부터 시작하겠다고 했다.

"그래, 잘 생각했다."

아버지는 이렇게 대답하고 오후에 한스와 함께 작업장에 가서 수습공 신청을 했다.

어두워지기 시작하자 한스는 이런 일들을 모두 잊어버린 채 오직 밤이 되면 에마가 기다릴 거라는 생각만 했다. 지금부터 벌써 가슴이 두근거리고 숨쉬기가 어려웠다. 시간은 빨리 가는 것 같기도 하고 아닌 것 같기도 했다. 한스는 급류를 타고 가는 뱃사공처럼 약속 장소로 달려갔다. 저녁 식사를 할 생각도 나지 않았다. 겨우 우유 한 잔만 마시고 뛰어나갔다.

모든 것은 어제와 다름없었다. 졸고 있는 어두운 골목길과 붉은빛이 비치는 창문, 가로등의 흐린 불빛, 거리를 돌아다니는 연인들이 보였다.

구둣방 아저씨네 뜰의 담장 옆에 선 한스는 가슴이 조마조마해서 부스럭 소리가 날 때마다 깜짝 놀라며 몸을 움츠렸다. 어둠 속에서 주변을 살펴보는 자신이 꼭 도둑 같다는 생각이 들었다. 곧 에마가 나타나 두 손으로 한스의 머리를 쓰다듬더니 문을 열어주었다. 한스는 조심스럽게 안으로 들어갔다. 그러고는 덤불로 둘러싸인 길을 지나 뒷문을 열고 어두운 복도로 가는 에마를 따라갔다.

두 사람은 지하실 계단 맨 위쪽에 나란히 앉았다. 한참이 지나서야 서로 얼굴을 알아볼 수 있었다. 에마는 기분이 무척 좋은 듯 작은 목소리로 쉴 새 없이 떠들었다. 그녀는 이미 키스를 몇 번 해본 적이 있어서 그런 일에 익숙했다. 얌전하고 귀여운 한스 같은 남자가 그녀에게는 딱 맞았다. 에마는 한스의 야윈 얼굴을 두 손으로 잡고 이마와 눈, 뺨에 키스했다. 오늘도 빨려 들어갈 것같이 깊은 키스를 당하자 소년은 어지러움을 느꼈다. 키스가 끝나고 그는 에마의 품에 맥없이 안겨 있었다. 아무 말도 하지 않고 그저 상대방이 하는 대로 몸을 맡긴 채 달콤한 전율을 느꼈다. 한스는 불안하지만 행복했다. 가끔 열이 나는 환자처럼 몸을 꿈틀거릴 뿐이었다. 에마가 웃으며 이렇게 말했다.

"너는 참 이상한 애인이야."

그러고는 한스 손을 잡아 자기 목덜미나 머리카락을 만져보게 하고 가슴 위에 올려놓은 채 꼭 누르기도 했다. 부드러운 가슴을 느끼자 그 감미로움에 한스는 눈을 감았다. 마치 끝없이 깊은 물속으로 빠져드는 듯했다.

"이제 그만! 그만!"

또다시 키스하려고 달려드는 에마를 막으면서 한스가 말했다. 에마는 웃었다. 그러고는 한스를 자기 옆으로 끌어당겨 딱 붙어 앉았다. 한스는 에마의 몸을 느끼고 너무 당황해서 아무 말도 하지 못했다. 에마가 물었다.

"너 날 좋아하지?"

한스는 그렇다고 대답하고 싶었지만 말이 나오지 않아 고개만 끄덕이고 또 끄덕였다.

에마는 다시 한번 한스 손을 잡고 장난을 치다가 자기 코르셋 밑으로 집어넣었다. 다른 사람의 몸을 이렇게 가까이 느껴본 적이 없었던 한스는 숨이 멎을 것만 같았다. 그는 신음하며 손을 뺐다.

"이제 가야겠어."

한스는 이렇게 말하며 일어서다가 비틀거리면서 지하실 계단 으로 굴러떨어질 뻔했다.

에마가 놀라며 물었다.

"왜 그래?"

"모르겠어. 그냥 좀 피곤해."

다시 울타리까지 가는 동안 에마가 바짝 붙어 부축해주었지만 한스는 아무런 느낌도 없었다. 에마가 인사하는 소리도, 뒤에서 작은 문을 닫는 소리도 들리지 않았다. 마치 엄청난 폭풍

우가 휘몰아치고 거센 물결에 휩쓸려가는 것 같았다.

그가 정신을 차려보니 길가 양쪽에 있는 집에서 흘러나오는 희미한 불빛과 그 위로 높이 솟은 산과 전나무 그리고 어두운 밤하늘에 조용히 떠 있는 큰 별들이 보였다. 그는 바람이 불어오고 강물이 흘러가다 다리 기둥에 부딪히는 소리를 듣고, 마당과 집들과 밤의 어둠과 가로등 그리고 물에 비친 별들을 보았다.

한스는 다리 위에 주저앉았다. 어찌나 피곤한지 집까지 갈 수 없을 것만 같았다. 그는 다리 위에 걸터앉아 물레방아 소리에 귀를 기울였다. 철썩거리는 소리가 마치 오르간을 연주하는 듯했다. 그의 손은 차가웠다. 가슴과 목구멍으로 피가 오르락내리락하면서 눈앞을 캄캄하게 하고 심장으로 모여 머리를 어지럽게 했다.

집으로 돌아온 한스는 자리에 눕자마자 잠이 들었다. 꿈속에서 굉장히 넓은 곳에 있었는데 어디론가 깊이 빨려 들어갔다. 한스는 악몽에 시달리다가 한밤중에 잠에서 깼다. 목이 몹시 마르고 알 수 없는 그리움이 밀려와 제대로 잠을 잘 수가 없었다. 그는 밤새 뒤척이며 몽롱한 상태로 보내야 했다. 새벽이 되자 감당할 수 없는 고뇌와 번민이 마침내 기나긴 오열로 변했다. 한스는 눈물에 젖은 이불을 덮고 다시 잠들었다.

7장

기벤라트 씨는 착즙기 옆에서 점잔을 빼면서도 조금 요란스
럽게 작업했다. 한스도 거들고, 구둣방 아저씨네 아들들 가운
데 둘이 와서 사과를 나르느라 바쁘게 움직였다. 그 둘은 손에
큼직한 검은 빵을 들고 시음용 컵 하나로 과일즙을 마시면서
일했다. 하지만 에마는 오지 않았다.

아버지가 통을 가지러 가느라 오랫동안 자리를 비우자 한스
는 용기를 내어 에마에 대해 물어봤다.

"에마는 어디 갔어? 같이 오지 않았어?"

구둣방 집 아들은 빵을 씹느라 바로 대답하지 못했다.

"갔어."

"어디로?"

"자기 집에 갔지."

"그래? 기차를 타고?"

아이들은 고개를 끄덕였다.

"언제 갔는데?"

"오늘 아침에."

아이들은 또다시 사과를 집었다. 한스는 착즙기를 돌리며 통만 바라봤다. 모든 것이 천천히 이해되기 시작했다.

아버지가 돌아왔다. 다들 웃고 떠들면서 일했다. 일이 끝나고 아이들은 인사를 하고 집으로 갔다. 저녁이 되자 다른 사람들도 모두 돌아갔다.

저녁 식사를 마친 한스는 자기 방에 앉아 있었다. 열 시가 되고 열한 시가 되어도 방은 불을 켜지 않아 깜깜했다. 한스는 오랜만에 푹 잘 수 있었다.

다른 때보다 늦게 눈을 떴을 때 한스는 불행한 듯했다. 뭔가를 잃어버린 것 같기도 했다. 에마가 떠올랐다. 그녀는 인사도 하지 않고 떠나버렸다. 그들이 만났던 날 밤은 이미 이곳을 떠나기로 한 뒤였다. 에마의 웃는 얼굴과 능숙한 키스, 몸짓이 생각났다. 그녀는 한스를 진심으로 대한 게 아니었다.

거기까지 생각이 들자 화가 났다. 한편으로는 아쉬움이 남아 슬픈 번민으로 변했다. 한스는 마음을 잡지 못하고 집에서 마당으로, 다시 거리로, 숲으로 그리고 다시 집으로 계속 방황하며 돌아다녔다.

　사랑의 비밀을 너무 일찍 맛본 것이다. 한스에게 사랑은 감미롭지 않았다. 그저 쓰디쓸 뿐이었다. 부질없는 한탄과 추억, 하염없는 괴로움 속에서 하루하루가 지나갔다. 밤이면 심장이 뛰고 답답해서 제대로 잠을 이루지 못하고 무서운 꿈을 꿨다. 한스는 꿈속에서 커다랗고 무서운 괴물이 되기도 하고, 죽일 듯 몸을 친친 감는 팔이 되기도 했다. 눈에서 새파란 빛을 내는 괴수가 되기도 하고, 어지러울 정도로 깊은 물이나 불타오르는 커다란 눈이 되기도 했다. 그러다 잠에서 깨면 싸늘한 가을 밤에 홀로 있다는 외로움이 밀려와 에마를 그리워하며 눈물을 흘리기도 했다.

　기계공 훈련을 시작하는 금요일이 다가왔다. 아버지는 파란 아마포로 만든 옷과 모직 모자를 사주었다. 한스는 옷을 입어 봤다. 대장장이 옷을 입으니 자신이 아닌 다른 사람 같았다. 학교와 교장이나 수학 선생의 집, 플라이크 아저씨의 작업장, 목사관을 지나갈 때는 비참한 기분이 들었다. 그토록 고생하며 공부한 노력도, 그토록 원하던 자잘한 기쁨을 포기한 채 자부심과 공명심과 희망에 차서 상상한 미래도 이제는 모두 헛일이 된 것이다. 다른 친구들보다도 뒤떨어진 채 모든 사람의 비웃음을 사면서 막내 수습공이 되는 게 그 결말이었다니!

　하일너가 이걸 본다면 뭐라고 할까?

그래도 푸른 대장장이 작업복에 마음을 붙이자 금요일이 조금은 기다려지기도 했다. 어쩌면 새로운 뭔가를 경험하는 기회가 될 수도 있을 것이다!

하지만 그런 생각도 시커먼 구름 속에 잠깐 햇살이 내비치는 것처럼 순간일 뿐이었다. 한스는 에마가 떠났다는 사실을 잊을 수 없었다. 그의 피는 이미 경험한 그날의 자극을 생생하게 기억했다. 그래서 더 많은 것을 원하면서 솟아오르고 소리쳤으며, 해결해달라고 갈망했다. 숨 막히게 괴로운 시간이 천천히 흘러갔다.

부드러운 햇살로 가득 찬 가을날은 어느 때보다도 아름다웠다. 이른 아침에는 은빛으로 빛나고 낮에는 화사해지고 해 질 무렵에는 맑게 갠 날이 계속되었다. 멀리 보이는 산들은 벨벳처럼 부드럽고 검푸른 빛을 띠었으며, 밤나무들은 금빛으로 빛났다. 담벼락과 울타리에는 보라색 야생 포도 넝쿨이 드리워져 있었다.

한스는 마음이 안정되지 않았다. 그래서 온종일 시내며 밭 사이를 돌아다녔다. 사랑의 상처로 괴로워하는 자신을 다른 사람들이 눈치채는 것이 싫었다. 그러나 밤이 되면 길에 나가 하녀들을 쳐다보기도 하고 연인들을 만나면 조마조마해 하면서 그 뒤를 따라가기도 했다. 에마와 함께 온갖 기쁨과 삶의 의

욕이 생겼는데 그 모든 것이 사라져버렸다.

이제 한스는 에마 때문에 괴로워하거나 가슴 답답해하지 않기로 했다. 다시 그녀를 만난다면 수줍어하지 않고 마술에 걸린 사랑의 동산으로 뛰어 들어가리라 다짐했다. 하지만 지금은 바로 눈앞에서 그 문이 닫혀버렸다. 그는 슬프고 위험한 환상에 빠져 비틀거리면서 그 속에서 헤매고 다녔다. 자학에 빠진 한스는 이 좁은 마법의 세계를 벗어나면 더 넓고 아름다운 세계가 활짝 펼쳐져 있다는 생각을 애써 무시했다.

불안한 마음으로 기다리던 금요일이 되자 한스는 오히려 기쁜 마음이 들었다. 아침 일찍 푸른 작업복을 입고 모자를 쓴 뒤 조금 망설이다가 게르버 길을 따라 슐러 작업장으로 갔다. 한스를 아는 몇몇 사람이 이상하다는 듯 쳐다보며 이렇게 물어보기도 했다.

"어찌 된 일이니? 대장장이가 된 거야?"

작업장에서는 벌써 모두 일을 시작하고 있었다. 마침 빨갛게 달군 쇠를 두드리고 있었다. 주인이 쇠를 모루 위에 올려놓으면 직공들은 마주 서서 능숙하게 망치질을 했다. 주인은 모양을 만들고 불집게를 놀리고 모루를 두드리면서 박자를 맞췄다. 날카로운 망치질 소리가 활짝 열어젖힌 문을 통해 아침 거리 속으로 경쾌하게 울려 퍼졌다.

기름과 줄밥으로 까맣게 변한 기다란 작업대 앞에는 나이

든 직공과 아우구스트가 나란히 서서 각자의 바이스(기계 공작에서 공작물을 끼워 고정하는 장치 – 옮긴이)에서 일하고 있었다. 천장에서는 선반과 숫돌, 풀무, 천공기를 돌리는 벨트가 윙윙 소리를 내며 돌아갔다. 이곳에서는 수력을 사용했다. 아우구스트는 새로 들어온 친구에게 고개를 끄덕여 아는 체를 하면서 주인이 쉴 때까지 문간에서 기다리라고 했다.

한스는 불안한 눈빛으로 쇠를 깎는 줄과 멈춰 선 선반, 윙윙거리며 돌아가는 벨트와 빈 채로 돌아가는 선반 등을 쳐다보고 있었다.

일을 마친 주인이 한스에게 와서 대장간 일로 따뜻해진 두껍고 딱딱한 손을 내밀었다. 그러고는 벽에 박힌 못을 가리키며 말했다.

"모자는 저기에 걸어라. 자, 이리 오너라. 이곳이 네 자리고 네 나사 바이스다."

주인은 한스를 맨 뒤에 있는 바이스로 데려가 바이스를 사용하는 법과 여러 도구며 작업대를 정돈하는 법을 가르쳐주었다.

"네가 힘이 센 아이가 아니라는 건 아버지에게 들었다. 내가 보기에도 그렇구나. 힘을 좀 더 키우기 전까지 망치질은 안 해도 된다."

주인은 작업대 밑에서 무쇠로 만든 작은 톱니바퀴를 꺼냈다.

"이것부터 시작해봐라. 이 톱니바퀴는 달구기만 했지 아직

완성한 게 아니야. 여기저기 울퉁불퉁한 모가 나 있어 그걸 갈아 없애야 해. 안 그러면 정밀한 도구가 망가져버리거든."

주인은 톱니바퀴를 바이스에 끼우고 낡은 줄을 쥐는 법을 알려주었다.

"이제 한번 해봐라. 절대로 다른 줄을 사용해선 안 된다. 아마 점심때까지는 해야 할 거다. 끝나면 나한테 보여주고. 일할 때는 절대 다른 데 정신을 팔아선 안 된다. 수습공은 주어진 일만 열심히 하면 돼."

한스는 줄질을 시작했다. 그러자 주인이 소리쳤다.

"잠깐만, 그렇게 하는 게 아니야. 왼손을 이렇게 놔야지. 혹시 왼손잡이니?"

"아니에요."

"그래, 이제 다시 해봐라."

주인은 들어오는 곳 쪽 첫 번째 자리에 있는 자신의 바이스로 갔다. 한스는 어떻게 해야 잘할 수 있을지 생각하면서 줄질을 시작했다. 처음에 몇 번 해봤더니 뜻밖에 톱니바퀴가 연해서 쉽게 밀 수 있었다. 한스는 이상하다고 생각했다. 그러다가 곧 쉽게 벗겨지는 것은 부스러지기 쉬운 표면일 뿐 반들반들하게 밀어야 하는 단단한 쇠는 그 속에 있다는 것을 알았다. 그는 정신을 집중해서 일했다. 소년 시절에 장난처럼 하던 일들을 중단한 이후로 자신의 손으로 뭔가 쓸 만한 물건을 만들어

내는 기쁨은 맛본 적이 없었다.

주인이 다시 소리쳤다.

"좀 더 천천히. 줄을 밀 때는 하나, 둘, 하나, 둘 이렇게 박자에 맞춰 해야 한다. 그리고 거길 눌러야 해. 그러지 않으면 줄이 망가져버릴 거다."

작업장에서 가장 나이가 많은 직공은 선반에서 작업했다. 한스는 무슨 일을 하는지 궁금해서 곁눈질로 쳐다봤다. 그 직공은 강철 쐐기를 원반에 꽂고 벨트를 걸었다. 쐐기가 불꽃을 튀기고 요란한 소리를 내면서 빠르게 돌아갔다. 그사이에 직공은 털처럼 얇은 쇠 부스러기를 털어냈다.

작업장 여기저기에 연장과 쇳덩어리, 강철, 놋쇠, 하다 만 일거리, 번쩍거리는 작은 바퀴, 천공기, 둥근 줄, 여러 모양의 송곳 등이 널려 있었다. 화덕 옆에는 망치와 모루 덮개, 불집게, 납땜용 인두가 걸려 있고 벽을 따라 줄과 절삭기가 늘어서 있었다. 그리고 선반에는 기름걸레와 작은 빗자루, 사포 줄, 쇠톱이 놓여 있었다. 기름 깡통, 황산 통, 못 상자, 나사 못 상자 등도 여기저기 널려 있고, 어디에서나 숫돌이 보였다.

한스는 자신의 새까매진 손을 보니 기분이 좋았다. 헝겊으로 깁거나 새까매진 다른 사람들의 작업복을 보면서 자신의 파란색 새 작업복도 빨리 헌 옷이 되면 좋겠다고 생각했다.

아침 시간이 지나면서 작업장은 점점 더 분주하고 활기를 띠었다. 근처에 있는 편물 공장에서 작은 기계 부품을 갈러 오거나 수리하러 찾아오는 사람들도 있었다. 어떤 농부는 수리를 맡긴 세탁기 부품을 다 고쳤는지 물어보러 왔다가 아직 안 되었다는 말을 듣고 화를 내며 돌아갔다. 그가 떠난 다음에는 점잖게 생긴 공장 주인이 찾아와 주인과 상담했다.

그러는 동안에도 직공들은 계속 일했고, 바퀴며 벨트도 여전히 돌아갔다. 한스는 태어나서 처음으로 노동을 맛봤다. 한스는 이 노동이 마음에 들고 기분 좋았다. 자신처럼 보잘것없는 존재가 커다란 세상의 리듬에 맞춰 함께 돌아가고 있는 듯한 느낌이 들었다.

아홉 시가 되자 십오 분간의 휴식 시간이 있었다. 각자 빵 한 조각과 과일즙 한 컵을 받았다. 아우구스트가 한스에게 다가와 격려해주었다. 그리고 다음 일요일에 처음 받을 주급으로 친구들과 어떻게 놀지 신나게 떠들었다. 한스는 자신이 지금 줄질을 하고 있는 톱니바퀴가 어디에 쓰일지 물어봤다. 아우구스트는 탑시계에 쓰일 거라고 대답한 뒤 어떻게 움직이는지 알려주려 했다. 하지만 최고참 직공이 다시 줄질을 시작했다. 이는 휴식 시간이 끝났다는 신호였다. 모두 자신의 자리로 되돌아가야 했다.

열 시가 지나자 한스는 조금씩 지치기 시작했다. 무릎과 오른팔이 아팠다. 발을 바꾸고 기지개를 켜봤지만 별 효과가 없었다. 그래서 줄을 놓고 바이스에 몸을 기댔다. 아무도 한스에게 주의를 기울이지 않았다. 일하지 않고 가만히 서 있으니 벨트가 울리는 소리에 현기증이 날 것 같았다. 한스는 잠깐 눈을 감았다. 그때 주인이 다가와서 말했다.

"한스! 왜 그러니? 벌써 힘드니?"

한스는 솔직하게 대답했다.

"예, 좀 힘들어요."

직공들이 웃었다. 그러자 주인이 차분하게 말했다.

"적응하면 괜찮아질 거야. 이번에는 납땜질하는 법을 가르쳐주마."

한스는 주인이 납땜질하는 모습을 신기하게 바라봤다. 주인은 먼저 인두를 불에 달구고 땜질할 곳을 납땜 액으로 닦아냈다. 불에 달군 인두에서 하얗게 금속이 녹아내리면서 '치익' 소리가 났다. 주인이 말했다.

"걸레로 잘 닦아내야 한다. 납땜 액은 금속을 부식시키니까 남아 있으면 안 돼."

한스는 다시 바이스 앞에 서서 톱니바퀴에 줄질하기 시작했다. 팔이 아팠다. 줄을 꽉 누른 왼손이 빨갛게 되더니 쓰리고 아프기 시작했다.

정오 무렵 최고참 직공이 줄을 놓고 손을 씻으러 갔다. 한스는 자신이 작업한 톱니바퀴를 주인에게 보여주었다. 주인은 잠깐 살펴보더니 말했다.

"잘했다. 그렇게 하면 되는 거야. 네 자리 밑에 있는 상자 안에 톱니바퀴가 또 한 개 있으니까 오후에는 그걸 갈아라."

한스도 손을 씻고 집으로 갔다. 점심시간은 한 시간이었다.

옛날 학교 친구였던 상점 수습생 둘이 뒤를 따라오며 놀렸다. 그중 한 아이가 소리쳤다.

"주 시험에 합격한 대장장이다!"

한스는 빠르게 걸었다. 정말로 이 일에 만족하는지 알 수가 없었다. 일터는 마음에 들었지만 너무 피곤했다.

집에 돌아와서 식탁에 앉아 식사할 생각을 하다가 갑자기 에마가 생각났다. 오전 내내 그녀 생각을 한 번도 하지 않았다. 한스는 조용히 자기 방으로 올라가 침대에 몸을 던진 뒤 괴로워하며 신음했다. 울고 싶었지만 눈물이 나오지 않았다. 다시 절망에 싸여 감정만 소모되는 그리움에 빠져버린 것이다. 그 그리움은 한스를 좀먹고 괴롭혔다. 머리가 미칠 듯이 아프고 울음을 참느라 숨이 막히면서 목도 아팠다.

점심시간은 괴로웠다. 아버지는 기분이 좋아서 한스에게 이것저것 물어봤다. 한스는 묻는 말에 꼬박꼬박 대답하고 아버지의 농담에도 장단을 맞춰주었다. 겨우 식사를 마치고 마당으로 나간 한스는 햇볕 아래에서 반쯤 꿈을 꾸는 듯한 기분으로 십오 분 정도 멍하니 있었다. 이제 일터로 돌아갈 시간이었다.

오전 작업을 하면서 양손에 빨갛게 물집이 잡혔는데 저녁이 되자 더 심하게 부풀어 아무것도 손에 잡을 수가 없었다. 하지만 작업이 끝난 뒤에는 아우구스트의 지도를 받으며 작업장을 정리해놔야 했다.

다음 날 한스의 양손은 타는 것처럼 아프고 물집이 더 커졌다. 게다가 주인은 기분이 좋지 않은지 작은 일에도 소리를 질러댔다. 아우구스트는 이삼 일만 지나면 손이 딱딱해지고 감각이 없어져 물집 따위는 아무렇지도 않을 거라며 위로했다. 한스는 참을 수 없을 만큼 비참한 심정이 되어 온종일 시계만 쳐다보면서 아무렇게나 줄질을 했다.

일이 끝나고 뒷정리를 하면서 아우구스트는 다음 날 동료 몇 사람과 빌라흐에 가서 멋지고 신나게 놀 거라며 한스도 꼭 가야 한다고 했다. 그러고는 두 시까지 데리러 가겠다고 했다. 한스는 너무나 지쳐서 일요일엔 종일 집에서 쉬고 싶었지만 하는 수 없이 가겠다고 했다. 집에 돌아오니 아나 할멈이 손에 붙이는 고약을 주었다. 한스는 여덟 시부터 잠이 들었다. 그런데도 다음 날 늦잠을 자버려 아버지와 교회를 가느라 서둘러야 했다.

점심을 먹으면서 한스는 아버지에게 아우구스트와 놀러 갈 거라고 했다. 아버지는 선뜻 승낙한 뒤 용돈 50페니히까지 주면서 저녁 식사 때까지 돌아오라고 했다. 한스는 거리로 나섰다. 부드러운 햇살이 쏟아지는 거리를 이리저리 돌아다니면서 몇 달 만에 처음으로 일요일의 기쁨을 만끽했다. 평일에는 손이 시커메지고 온몸이 아프도록 일하다가 일요일이 되니 거리도 새롭게 보이고 햇볕도 더 따갑게 느껴졌다. 그러면서 모든 것이 빛나고 아름다워 보였다. 햇빛이 비치는 벤치에 앉아 있는 정육점 주인의 얼굴도 신나 보였다. 제혁공이며 빵 장수, 대장장이 들도 모두 밝은 얼굴로 앉아 있어서 즐거워한다는 것을 알 수 있었다. 이제는 결코 그들이 속물근성을 가진 불쌍한 사람으로 보이지 않았다. 노동자들과 직공들, 나이 어린 수습공들은 모자를 조금 비딱하게 쓰고 하얀 칼라가 달린 셔츠를 입었다. 잘 손질한 외출복을 입은 이들은 여럿이 함께 산책하거나 음식점에 들어갔다. 반드시 그렇지는 않았지만 대개 목수는 목수끼리, 미장이는 미장이끼리 같은 직종에서 일하는 사람들끼리 함께 어울리며 직업에 대한 명예를 지키고 있었다. 그중 대장장이들의 모임이 가장 수준 높은 조합이었고, 거기서도 기계공의 위상이 가장 높았다. 모든 것이 정답게 느껴졌다. 유치하고 우스운 면도 있지만 수공업자의 아름다움과 자긍심이 있었다. 아직은 별 볼 일 없는 양복점의 어린 수습공까지 이런 아름다움과 긍지의 빛을 발하고 있었다.

슐러의 작업장 앞에는 젊은 기계공들이 모여 있었다. 이들은 거만한 자세로 느긋하게 서서 지나가는 사람들을 알은체하거나 말을 주고받았다. 자신들만의 확실한 조직이 있어 보였고, 일요일 모임에도 다른 사람들은 필요하지 않은 듯했다.

한스도 그런 분위기를 느꼈고 거기에 속한다는 게 기쁘고 자랑스러웠다. 그러나 기계공들은 놀 때 아주 화끈하게 논다는 소문을 들었기에 한편으로는 조금 불안하기도 했다. 춤을 추러 갈 텐데 한스는 아직 춤도 출 줄 몰랐다. 하지만 되도록 자신도 그런 분위기에 맞춰 남자답게 놀아야겠다고 생각했다. 부득이하면 작은 실수를 저지르는 것 정도는 받아들일 생각이었다. 그는 맥주도 잘 마시지 못했다. 담배도 놀림을 당하지 않으려고 여송연 한 대만 겨우 피우는 정도였다.

아우구스트는 들뜬 기분으로 한스를 맞이했다. 그는 나이 많은 직공이 오지 않는 대신 다른 작업장에서 일하는 사람이 와서 넷이 되었으니 마을 하나쯤 휩쓸고 노는 데는 충분할 거라고 했다. 그러면서 오늘은 자신이 다 살 테니 맥주도 원 없이 마시라고 했다. 아우구스트는 한스에게 여송연을 권했다. 그러고서 네 사람은 으스대며 천천히 시내를 걸어갔다. 그러다가 마을 아래 보리수 광장에 이르자 빠른 걸음으로 빌라흐로 향했다.

강물은 푸른색으로 그리고 황금색으로 변했다가 하얀빛이 되어 반짝이며 흘러갔다. 잎이 다 떨어진 단풍나무들과 아카시아나무들 가지 사이로 부드러운 10월의 햇살이 비췄다. 높은 하늘은 구름 한 점 없이 맑게 갰다. 조용하고 상쾌하며 한가로운 가을날이었다. 이런 날에는 지난여름의 아름다운 일들이 즐거운 추억으로 떠오르고, 아이들은 계절도 잊은 채 꽃을 찾으러 다녔다. 또 노인들은 마치 지난여름의 추억뿐 아니라 지나온 인생의 정다운 추억들이 맑게 갠 하늘 위를 떠가기라도 하는 양 생각에 잠긴 눈으로 하늘을 쳐다봤다.

하지만 젊은이들은 들뜬 기분으로 이 아름다운 날을 찬양했다. 저마다 취향에 따라 배불리 먹고 마시거나 노래를 부르거나 춤을 추고 술자리를 만들거나 싸움을 하기도 하면서 아름다운 가을날을 즐겼다. 어디를 가나 새로 거두어들인 과일과 갓 구운 과자가 있고, 이제 막 익어가는 사과즙이나 포도주가 지하실에 가득했다. 음식점 앞이나 보리수 광장에서는 사람들이 바이올린과 하모니카를 연주하고 춤추고 노래하며 사람들을 불러모아 일 년이 끝나가는 이 시기의 아름다운 날들을 축하했다.

젊은이들은 빠르게 걸어갔다. 한스는 일부러 익숙한 듯 여송연을 피웠는데 뜻밖에도 입맛에 딱 맞아서 자신도 깜짝 놀랐다. 일행 가운데 하나가 타지에서 날품팔이하던 경험을 이야기했다. 그가 아무리 허풍을 떨어도 아무도 이상하게 생각하지 않았다. 그런 이야기에는 늘 그만한 허풍이 따라다니게 마련이었다. 아무리 얌전한 사람이라도 자신의 경험을 이야기할 때는 아무도 보지 못한 게 확실하다 싶으면 마치 전설 속 이야기라도 하는 것처럼 과장되게 부풀려서 재미있게 말하곤 했다. 젊은 직공의 삶이 고스란히 담긴 훌륭한 시는 민중의 공유 재산과 같다. 개인의 전통적인 낡은 모험담은 수많은 사람의 체험담을 바탕으로 새로운 아라베스크 무늬로 다시 만들어지기 때문이다. 그래서 떠돌아다니는 방랑자라도 한번 이야기를 시작하면 그는 불멸의 어릿광대 오일렌슈피겔(14세기경 독일에 실존했다고 추정되는 전설적인 익살꾼 – 옮긴이)이 되었다가 유랑자 슈트라우빙거가 되는 것이다.

"언젠가 내가 프랑크푸르트에 머물렀을 땐데 말이지. 그래도 뭐 그런 게 인생이지. 이 이야기는 한 번도 한 적이 없는데 말이야. 멍청하지만 그래도 돈은 많았던 장사꾼 한 놈이 우리 주인 딸하고 결혼하려 했지. 그런데 딸이 싫다고 했어. 나한테 마음이 있었거든. 한 넉 달 정도 만났나. 주인 영감이랑 싸우지만 않았어도 지금쯤은 사위가 돼 그곳에 살고 있을 텐데 말이지."

그러고는 그 못된 인신매매범 같은 주인이 자기를 때리려고 손을 치켜들었을 때 아무 말 없이 망치를 휘두르며 노려봤더니 머리라도 깨질까 봐 겁이 났는지 그대로 도망치더라는 것이다. 그 뒤에 주인은 직접 말로 하지는 못하고 서면으로 해고 통지를 보냈다고 했다. 또 오펜부르크에서 큰 싸움이 벌어졌던 이야기도 했다. 자신을 포함해 대장장이 셋이서 직공 일곱을 때려눕혔는데, 오펜부르크에 가서 키다리 쇼르슈를 찾아 물어보면 잘 알 거라고 했다. 그가 아직도 그곳에 살고 있으며, 자신과 한패였다는 것이다.

그는 냉소적이고 거친 말투이긴 하지만 아주 신이 나서 열정적으로 이야기를 들려주었다. 모두 재미있게 들으면서 다른 동료들에게도 해주어야겠다고 생각했다. 이렇게 해서 모든 대장장이가 주인 딸을 애인으로 삼고, 망치를 들고 못된 주인에게 달려든 적이 있으며, 직공 일곱을 때려눕힌 적이 있다는 과거가 생기는 법이다. 이야기의 배경은 바덴이 되기도 하고, 헤센이나 스위스가 되기도 했다. 망치는 줄 또는 불에 달군 쇠붙이가 되기도 하고, 직공 대신 빵 굽는 사람이나 양복장이가 등장하기도 했다.

하지만 대체로 줄거리는 모두 비슷했다. 사람들은 그 이야기를 몇 번이고 재미있어하면서 들었다. 오래된 이야기지만 재미있기도 하고 동료들의 명예에 대한 내용이기도 했기 때문이다. 그렇다고 해서 이런 경험을 실제로 해본 직공이 없었다거나 모두 꾸며낸 이야기라고 할 수도 없었다. 이야기를 만드는 데는 이 두 가지가 다 필요했다.

아우구스트는 이야기를 들으면서 기분이 좋아 계속 웃고 맞장구를 쳤다. 그리고 이젠 직공이 다 된 것처럼 건방진 표정으로 담배 연기를 뿜어냈다. 직공은 이야기를 계속했다. 그는 자기가 오늘 이 자리에 낀 것만 해도 수습공들이 고마워해야 한다고 강조할 필요가 있었다. 사실 어엿한 직공으로서 일요일에 수습공들이랑 어울려 그들에게 얻어먹는다는 것은 체면상 말이 안 되는 일이었다.

일행은 국도를 따라 강 아래쪽으로 계속 걸어갔다. 그러다 갈림길에서 완만한 오르막길인 차도로 가느냐 아니면 거리는 반밖에 안 되지만 가파르고 험한 오솔길로 가느냐로 잠깐 고민했다. 그들은 조금 멀고 먼지가 나긴 했지만 차도로 가기로 했다.

오솔길은 한가하게 산책하는 데 적당했다. 하지만 대부분의 사람은 아직 서정적인 매력이 남아 있는 차도를 더 좋아했다. 특히 일요일에는 더욱 그랬다. 가파른 오솔길을 올라가는 것은 농부나 도시에 살면서 자연을 동경하는 이들에게는 적당했다. 그것은 노동이나 운동과 마찬가지였던 것이다. 하지만 차도로 가면 걷기도 편하고 다른 사람들과 만날 수도 있었다. 잔뜩 멋을 부린 아가씨들이나 노래를 부르는 젊은이들은 이 길을 걸어갔다. 누군가 장난을 걸어오면 장단을 맞춰주기도 하고, 잠깐 멈춰 서서 이야기를 하거나, 결혼하지 않은 남자들은 여자 뒤를 쫓아갈 수도 있었다. 저녁 무렵에는 개인적인 오해를 풀려고 친구와 이야기할 수 있는 곳이기도 했다.

그래서 젊은이들은 차도로 걸어갔다. 조금 멀리 돌아가기는 하지만 땀 흘리는 걸 좋아하지 않는 사람들에게 어울리는 완만한 오르막길이었다. 직공은 겉옷을 벗어 지팡이에 건 다음 어깨에 둘러맸다. 그리고 이야기 대신 신나게 휘파람을 불었다. 휘파람은 한 시간 뒤 빌라흐에 도착할 때까지 계속되었다. 한스는 몇 번 놀림을 받았지만 참을 만했다. 오히려 아우구스트가 더 열을 내며 한스 편을 들어주었다. 그러는 동안 이들은 빌라흐에 도착했다.

빌라흐는 우뚝 솟은 검은 산을 배경으로 가을 기운이 깃든 나무들 사이에 있는 마을이었다. 집들은 붉은 기와지붕이나 은빛이 나는 회색빛 초가지붕으로 덮여 있었다.

한스와 친구들은 어느 음식점에 들어갈지를 두고 한참 실랑이했다. '닻'은 맥주가 맛있고 '백조'는 케이크가 맛있었다. 그리고 '모퉁이'는 일하는 여자가 예뻤다. 결국 아우구스트의 주장대로 '닻'으로 가기로 했다. '모퉁이'가 그동안 사라지는 것도 아니니 술을 조금 마시고 나서 그곳으로 옮기자는 게 그의 의견이었다. 모두 찬성했다. 일행은 마을로 들어갔다. 그리고 마구간과 제라늄 화분이 놓인 농가의 낮은 창턱을 지나 '닻'으로 갔다. 튼튼하게 잘 자란 어린 밤나무 사이로 황금빛 간판이 햇빛을 받아 반짝거리며 손님을 기다리고 있었다. 직공은 안에서 먹고 싶어 했지만 실망스럽게도 실내가 이미 꽉 차서 한스 일행은 뜰에서 먹어야 했다.

'닻'은 농부들이 드나드는 구식 음식점이 아니라 창문을 많이 내고 네모난 벽돌로 지은 현대식 요릿집이었다. 이 집에는 긴 의자 대신 한 사람씩 앉는 의자와 함석으로 만든 색칠 간판도 있었다. 여종업원들은 도시적인 옷차림이었으며, 주인도 소매를 걷어붙이거나 하지 않고 멋진 갈색 양복을 단정하게 차려입고 있었다. 주인은 원래 거의 파산 상태였는데 큰 맥주 공장 경영자인 채권자 대표에게 이 집을 빌려 고급스럽게 실내장식을 바꾼 다음에는 형편이 조금 나아졌다고 한다. 마당에는 아카시아나무와 야생 포도 넝쿨로 반쯤 뒤덮인 커다란 철망 울타리가 있었다.

"모두의 건강을 위하여!"

직공은 이렇게 소리치고 나서 세 사람과 연달아 잔을 부딪친 다음 술 실력을 과시하듯 단번에 들이켰다. 그러고는 다시 소리치며 잔을 내밀었다.

"어이, 예쁜 아가씨. 잔이 비었어. 빨리 술을 더 가져와!"

맥주 맛은 고급스러웠다. 시원하고 쓴맛도 거의 없었다. 한스는 기분 좋게 맥주를 마셨다. 아우구스트는 마치 대단한 미식가라도 되는 듯한 표정을 지었다. 그는 혀를 차기도 하고 담배를 뻑뻑 피워대기도 하며 술을 마셨다. 한스는 그런 모습을 감탄하며 바라봤다.

인생을 터득하고 즐겁게 놀 줄 아는 사람들과 어울려 당연히 그럴 자격이 있는 사람처럼 유쾌하게 일요일을 보내는 건 역시 나쁘지만은 않았다. 함께 웃고 떠들며 이따금 큰맘 먹고 대담하게 농담을 던져보는 것도 신나는 일이었다. 또 술을 쭉 들이켜고 빈 잔으로 테이블을 딱딱 치면서 "여기, 술 한 잔 더!"라고 소리치는 것도 신나고 사나이다운 일 같았다. 다른 테이블에 앉은 사람들과 건배하거나 다른 사람들처럼 꺼진 여송연을 왼쪽 손가락에 끼우고 모자를 뒤로 젖혀보면서도 괜히 흥분했다.

같이 온 다른 직공도 기분이 좋아서 이야기를 시작했다. 그가 아는 울름의 한 대장장이는 고급 울름 맥주를 스무 잔이나 마실 수 있다고 했다. 그렇게 맥주를 먹어치운 다음에는 입을 쓱 문지르면서 "이번에는 고급 포도주 한 병 더!"라고 말한다는 것이다. 또 소시지 열두 개를 한 번에 먹는 내기에서 우승한 칸슈타트의 화부 이야기도 해주었는데 그 화부는 두 번째 먹기 내기에서는 졌다. 무모하게도 어느 작은 음식점에서 메뉴판에 적힌 음식을 모두 먹으려고 했던 것이다. 사실 모든 메뉴를 먹어치워서 우승할 뻔했는데 마지막에 나온 여러 가지 치즈에서 실패했다. 세 번째 치즈 접시가 나오자 그는 접시를 밀어내며 "차라리 죽는 게 낫겠다"고 말했다.

이번 이야기도 인기를 끌었다. 어디를 가나 엄청나게 먹고 마셔대는 사람들이 있다는 말이다. 그들이 어떤 사람의 이야기에서는 '슈투트가르트 사나이'가 되기도 하고, 또 다른 사람의 이야기에서는 '루드비히스부르크의 용기병'이 되기도 했다. 그들이 먹은 음식은 감자 열일곱 개가 되기도 하고, 샐러드를 곁들인 계란과자 열한 개가 되기도 했다. 모두 이런 이야기들을 하나씩은 알고 있었다. 뛰어난 재주가 있는 사람이 있는가 하면 괴상한 취향을 가진 사람도 있고 엉뚱하고 괴팍한 사람도 있다는 이야기를 주고받다 보면 즐거웠다. 현실성 있는 이런 이야기들은 술집을 찾는 사람들한테서 예전부터 내려오는 유산 같은 것이었다. 그리고 술을 마시거나 정치 이야기를 하거나 담배를 피우거나 결혼하거나 죽는 일처럼 젊은이들한테로 계속 이어졌다.

석 잔을 마신 한스가 케이크가 없느냐고 물었다. 여종업원이 대답했다.

"죄송합니다. 다 떨어졌어요."

그러자 모두 큰 소리로 실망을 나타냈다. 아우구스트는 케이크가 없으면 이제 다른 집으로 가야겠다고 했다. 다른 작업장의 직공은 이런 음식점이 어디 있느냐고 불만스러워했다. 프랑크푸르트에서 온 사내만 그냥 여기 있자고 우겼다. 그는 이미 여종업원이랑 친해져서 그녀의 몸을 마음대로 만질 수 있었기 때문이다. 맥주를 마신 한스는 그 모습을 보고 흥분했다. 그래서 그 음식점에서 나오자 다행이라고 생각했다.

계산을 끝낸 일행과 밖으로 나왔을 때 한스는 맥주 석 잔으로 약간 취기가 오른 것을 느꼈다. 지친 것 같기도 하고, 뭔가 일을 저질러보고 싶은 유쾌한 기분이기도 했다. 그때였다. 눈앞에 엷은 베일이라도 드리운 것처럼 모든 광경이 꿈처럼 아득하고 현실이 아닌 듯한 느낌이 들었다. 한스는 계속 웃어댔다. 모자를 삐딱하게 쓰고 있으니 진짜 건달이라도 된 것 같았다. 프랑크푸르트에서 온 직공은 다시 휘파람을 불어댔다. 한스는 그 소리에 맞춰 걸어갔다.

'모퉁이'는 아주 조용했다. 농부 몇 사람이 새로 담근 포도주를 마시고 있었다. 그 집엔 생맥주는 없고 병맥주만 있어서 각자 한 병씩 마시기로 했다. 다른 작업장 직공은 통이 크다는 것을 보이려는 듯 함께 온 사람들에게 커다란 사과 케이크를 주문해주었다. 한스는 갑자기 배가 고파서 맛있게 먹었다. 넓은 홀 안의 낡고 딱딱한 갈색 벽에 붙은 단단하고 넓은 의자에 앉아 있으니 꿈을 꾸는 것처럼 기분이 좋았다. 옛날 양식으로 만든 카운터와 커다란 난로는 어둠 속에 묻혀 보이지 않았다. 나무 창살로 된 새장 안에서 곤줄박이 두 마리가 퍼덕거렸다. 창살 사이에는 빨간 열매가 잔뜩 달린 마가목 가지가 새 모이로 꽂혀 있었다.

술집 주인이 다가와 한스 일행에게 인사했다. 조금 있다 동료들은 다시 이야기를 시작했다. 독한 병맥주를 몇 모금 마신 한스는 자신이 이 한 병을 다 마실 수 있을지 호기심이 생겼다.

프랑크푸르트에서 온 직공은 라인 지방에서 열리는 포도밭 축제와 객지에서 날품팔이를 했던 일, 싸구려 여인숙에서 묵었던 일 등을 지독한 허풍을 섞어가며 신나게 떠들었다. 모두 즐거워하며 그의 이야기를 들었고, 한스도 기분이 아주 유쾌해져 쉬지 않고 웃었다.

갑자기 한스는 몸이 이상해지는 것을 느꼈다. 방과 테이블, 병, 술잔 그리고 친구들까지 부드러운 갈색 구름 속으로 녹아들기 시작한 것이다. 정신을 차리고 긴장하면 다시 원래 모습으로 돌아왔다. 말소리가 커지고 웃음소리도 커지면 한스도 따라서 떠들고 웃었다. 건배할 때는 같이 잔을 부딪치기도 했다. 한 시간가량 지나자 놀랍게도 술병이 비었다.

"제법인데. 한 병 더 할래?"

아우구스트가 물었다. 한스는 웃으면서 고개를 끄덕였다. 하지만 이렇게 많이 마시는 것은 분명히 위험한 일이라고 생각했다. 그때 프랑크푸르트의 사나이가 노래를 부르기 시작하자 모두 따라 불렀다. 한스도 신나게 따라 불렀다.

어느새 음식점은 사람으로 꽉 찼다. 그러자 여종업원을 도우려고 주인 딸까지 나섰다. 그녀는 키가 크고 몸매가 멋졌으며 침착해 보이는 갈색 눈에 얼굴은 건강하고 활기에 차 있었다.

주인 딸이 한스 앞에 새 맥주병을 내려놓자 옆에 앉은 직공
이 그녀에게 말을 걸었다. 하지만 그녀는 모른 체하면서 한스
의 머리를 쓰다듬고 카운터로 돌아갔다. 그 직공에게 관심이
없다는 것을 보여주고 싶었는지 아니면 예쁘장하게 생긴 소년
의 작은 얼굴이 마음에 들었는지 알 수 없었다.

이미 세 병이나 마신 직공이 따라가서 말을 걸었지만 소용
없었다. 키가 큰 그녀는 냉담하게 직공을 쳐다보며 아무 대답
도 하지 않았다. 그러고는 등을 돌려버렸다. 직공은 테이블로
돌아와 빈 병만 톡톡 치더니 갑자기 큰 소리로 말했다.

"자, 기분 좋게 노는 거야. 축배를 들자고."

그는 이번에는 여자에 대해 음탕한 이야기를 늘어놓기 시작
했다. 하지만 한스에게는 그의 말이 똑똑히 들리지 않았다. 두
번째 병을 거의 비워갈 무렵에는 말하기 어려울 정도로 혀가
꼬부라지고 제대로 웃을 수도 없었다. 새를 놀려주려고 새장
쪽으로 걸어가는데 두 걸음도 채 떼기 전에 어지러워서 쓰러
질 뻔했다. 한스는 조심스럽게 자리로 돌아왔다.

그때부터 조금씩 술이 깨기 시작했다. 그리고 자신이 취했
다는 생각이 들자 기분이 나빠졌다. 저 멀리서 여러 가지 불길
한 일이 기다리는 것 같았다. 집으로 돌아가는 것도 문제였고,
아버지 잔소리나 다음 날 아침 대장간에 출근할 일 등을 생각

하니 머리가 아팠다.

　모두 기분 좋게 취해 있었다. 조금 정신을 차린 아우구스트는 술값을 계산했다. 1탈러(Taler, 옛날 독일에서 사용하던 은화로, 지금의 약 3마르크에 해당한다 ─ 옮긴이)나 냈는데 거스름돈이 얼마 되지 않았다. 왁자지껄하게 웃으면서 술집을 나오자 밝은 저녁 햇살이 눈부셨다. 한스는 똑바로 설 수가 없었다. 아우구스트가 비틀거리는 한스를 부축하며 걸었다.

　다른 작업장에서 온 직공은 감상적이 되어 「내일이면 이곳을 떠나야 한다네」라는 노래를 부르며 눈물을 글썽거렸다. 이젠 다들 집으로 돌아갈 생각이었는데 '백조' 앞에서 그가 한 잔만 더 하고 가야겠다며 고집을 부렸다. 한스는 거절했다.

　"난 이제 그만 마시겠어. 집에 가야 해."

　그 직공이 웃으며 말했다.

　"혼자선 걷지도 못하잖아."

　"걸을 수 있어. 걸을 수 있다고. 난 반드시 집으로 갈 거야."

　"그럼 브랜디 한 잔만 더 하고 가, 이 꼬마야. 한 잔 더 마시면 다리에 힘이 생기고 속도 편해져. 효과가 바로 나타난다니까. 자, 마시라고."

　한스는 손에 작은 잔이 들리는 것을 느꼈다. 거의 다 흘리면서 술을 마셨는데도 목구멍이 불에 타는 듯했다. 그리고 심하게 구역질이 나면서 몸이 떨렸다. 한스는 비틀거리며 혼자서 음식점 계단을 내려와 마을 밖으로 걸어갔다. 집이며 울타리, 마당이 기울어져서 그의 옆으로 지나갔다.

한스는 사과나무 아래 젖은 풀밭에 누웠다. 불쾌하고 괴롭고 불안한 마음이 들면서 머릿속이 복잡해져 잠도 잘 수 없었다. 자신이 더럽혀지고 모욕이라도 당한 것 같았다. 집에는 어떻게 가지? 아버지에게 뭐라고 말하지? 내일은 어떻게 보내게 될까? 한스는 이제 더는 아무것도 할 수 없어진 것처럼 의기소침해지고 비참한 기분이 들었다. 머리도 아프고 눈도 아팠다. 도저히 일어서서 걸어갈 기운이 나질 않았다.

갑자기 파도가 밀려오듯 방금 전까지 보낸 환락의 시간이 떠올랐다. 한스는 얼굴을 찡그리며 노래를 불렀다.

오, 사랑하는 아우구스틴

아우구스틴, 아우구스틴

오, 사랑하는 아우구스틴

모든 것은 끝났다오.

노래를 마치자 가슴이 아팠다. 이런저런 지난날의 추억이 떠오르고 수치심과 자책감이 밀려들었다. 한스는 큰 소리로 흐느끼면서 풀숲에 쓰러졌다. 한 시간이 지났다. 날은 이미 어두워졌다. 정신을 차린 한스는 비틀거리면서 고개를 내려갔다.

아들이 저녁 식사 때까지 돌아오지 않자 기벤라트 씨는 몹시 화를 냈다. 아홉 시가 되어도 돌아오지 않자 오랫동안 사용하지 않은 딱딱한 등나무 지팡이를 꺼내 들었다.

'이놈이 이젠 아비한테 매를 맞지 않을 나이가 되었다고 생각하는 게 분명해. 돌아오기만 해봐라. 가만있지 않을 테니. 밤늦게까지 놀고 다니면 어떻게 되는지 똑똑히 알려줘야겠어.'

이렇게 생각한 아버지는 열 시가 되자 현관문을 잠갔다.

'우리 아드님이 밤새 쏘다니고 싶단 말이지. 어디 잘 데라도 있나 보군.'

하지만 아버지는 잠을 자지 않고 이제나저제나 한스가 조심스럽게 문을 열고 벨을 누르기를 기다렸다. 아버지는 그때 어떻게 할지 상상했다. 쓸데없이 늦게까지 돌아다니는 놈한테 본때를 보여줘야겠어. 이 망할 자식은 틀림없이 술에 곯아떨어져서 어딘가에 있을 거야. 하지만 언젠가 술이 깰 테니까. 못난 놈, 나쁜 자식! 거지 같은 놈! 뼈가 부서질 때까지 두들겨줘야지.

하지만 결국 아버지도, 그의 분노도 잠 앞에선 소용없었다.

그 순간 아버지에게 그토록 원망을 듣던 한스는 싸늘한 시체가 되어 조용히 강물을 따라 천천히 내려가고 있었다. 어둠 속을 흘러가는 그의 마른 몸을 가을밤이 내려다보고 있었다. 시꺼먼 강물이 그의 손과 머리카락, 창백한 입술 위로 지나갔다. 날이 새기 전에 먹이를 찾으러 나온 겁 많은 수달만이 주변을 살피며 슬쩍 바라볼 뿐 물에 떠내려가는 한스를 보는 사람은 아무도 없었다. 어쩌다가 물에 빠졌는지도 몰랐다. 어쩌면 길을 잃고 헤매다가 미끄러졌든가 아니면 물을 마시려다가 헛디뎌서 물에 빠졌을 수도 있다. 어쩌면 피로와 불안에 시달리다 물의 아름다움에 취해 그 위에 엎드렸다가 평화와 깊은 휴식으로 가득 찬 밤과 달빛에 이끌려 자신도 모르게 죽음의 그늘 속으로 들어갔을지도 모르겠다.

한낮이 되어서야 한스의 시신이 발견되어 집으로 옮겨졌다. 놀란 아버지는 간밤에 화가 나서 휘두르던 지팡이를 옆에 놔둔 채 울지도 않고 무표정하게 앉아 있었다. 그날 밤 아버지는 한숨도 자지 못하고 이따금 문틈으로 말없이 누워 있는 아들을 바라봤다. 아들은 여전히 잘생긴 이마와 창백하고 똑똑하게 생긴 얼굴로 깨끗한 침대에 누워 있었다. 그는 뭔가 특별하고, 다른 사람들과는 태어나면서부터 다른 운명을 살 권리를 타고난 사람처럼 보였다. 그의 이마와 양손은 약간 긁혀서 보라색이 되었지만 얌전한 얼굴은 마치 잠들어 있는 듯했다. 하얀 눈꺼풀은 감겨 있고 약간 벌린 입은 오히려 즐거워 보였다. 한창 좋은 시절에 갑자기 꺾여 즐거운 인생의 항로를 억지로 벗어난 것 같았다. 피로와 외로운 슬픔에 잠긴 아버지도 그런 착각에 빠졌다.

장례식에는 직장 동료를 포함해 많은 사람이 몰려들었다. 한스 기벤라트는 다시 한번 유명해졌다. 학교 선생들과 교장, 마을 목사도 다시 한스에게 관심을 보였다. 모두 엄숙하게 프록코트를 입고 실크 모자를 쓴 채 장례 행렬을 따라갔고, 무덤가에서 잠깐 이야기를 나눴다. 라틴어 선생은 특히 우울해 보였다. 교장이 작은 목소리로 말했다.

"선생님, 저 아이는 분명히 특별한 사람이 되었을 거예요. 아주 우수한 학생들한테 꼭 이런 불행한 결과가 생긴다는 건 정말 안타까운 일이죠?"

아버지와 쉬지 않고 흐느끼는 아나 할멈, 플라이크 아저씨도 무덤가에 섰다. 플라이크 아저씨가 아버지를 위로했다.

"정말 슬픈 일이에요, 기벤라트 씨. 저도 이 아이를 사랑했는데 말이죠."

아버지는 한숨을 내쉬며 말했다.

"아직도 이유를 모르겠네. 착한 아이였는데, 학교에서도 잘하고 시험도 잘 봐서 모든 게 잘될 줄 알았는데 갑자기 이런 불행이 따라오다니!"

구둣방 아저씨는 묘지 문을 나서는 프록코트 입은 사람들을 가리키며 낮은 목소리로 말했다.

"저기 가는 저놈들이 한스를 이렇게 만든 원인을 제공했다고도 할 수 있죠."

"그게 무슨 말인가? 말도 안 되네. 왜 그런 말을 하나?"

한스의 아버지는 펄쩍 뛰면서 구둣방 주인을 이상하게 바라봤다.

"진정하세요, 기벤라트 씨. 저는 단지 학교 선생들한테 하는 말이에요."

"아니 왜? 어째서 그런 말을 하는 건가?"

"이젠 아무 말도 하지 않겠어요. 당신이나 저도 아마 이 아이한테 미처 신경 쓰지 못한 게 있을 거예요. 그렇지 않을까요?"

작은 마을 위로 푸른 하늘이 한가롭게 펼쳐져 있었다. 골짜기에는 강물이 반짝이며 흘러내리고 있었다. 전나무로 뒤덮인 짙푸른 산은 마치 먼 곳을 그리워하는 것처럼 부드러운 시선을 보내고 있었다. 플라이크 씨는 서글픈 미소를 지은 채 한스의 아버지를 부축했다. 아버지는 조용한 묘지와 온갖 상념을 뒤로하고 익숙한 삶의 터전을 향해 머뭇거리면서 발걸음을 옮겼다.

옮긴이 김세나

한국외국어대학교 독일어과와 동 대학 통역번역대학원을 졸업했다. 현재 한국외국어대
학교 통번역센터 연구원, 서울중앙지방법원 및 서울고등법원 법정 통역사, 국제회의 통
역사, KBS 동시통역사로 활동하고 있으며, 출판번역에이전시 베네트랜스에서 번역가로
도 활동하고 있다. 옮긴 책으로는 『생각하는 여자는 위험하다』, 『젊은 시인에게 보내는
편지』, 『수요일의 기차 여행』, 『사람은 왜 살인자가 되는가』 등이 있다.

수레바퀴 아래서

초판 1쇄 발행 | 2020년 3월 5일

지은이 | 헤르만 헤세
옮긴이 | 김세나

펴낸이 | 이삼영
펴낸곳 | 별글
블로그 | http://blog.naver.com/starrybook
등록 | 제 2014-000001호
주소 | 경기도 고양시 덕양구 고양대로 1393, 2층 3C호(성사동)
전화 | 070-7655-5949   팩스 | 070-7614-3657

ISBN 979-11-89998-16-5
       979-11-89998-14-1 (세트)

• 별글은 독자 여러분의 책에 대한 아이디어와 원고 투고를 기다리고 있습니다. 책 출간을 원하시는 분은
  이메일 starrybook@naver.com으로 간단한 개요와 취지, 연락처 등을 보내주세요.